旦园流韵

DanYuan
LiuYun

蔡国芳 著

上海社会科学院出版社

蔡国芳 女，笔名芳草。中国石化作家协会会员、中华诗词学会会员，《诗词之友》上海工作站站长、中华当代文学学会理事、诗界·中华诗词创作研究院理事、中华诗词研习会理事、《诗词家》杂志同仁会会员、《诗词世界》杂志签约诗人。毕业于河南大学中文系，曾从事语文教学工作三十余年。原任上海《东方民文》报社办公室主任兼执行编辑。

出版《春蚕语丝》《晚晴涓韵》和《旦园流韵》三部个人著作，共计五十万字。主编《高山流水》《明珠璀璨》等书。诗歌作品多收录于《诗词之友》《诗词家》《百年诗词精选》（第四卷）、《当代旅游诗词品鉴》《中国诗词年选（2017）》《中国诗词年选（2018）》《中华诗词全集》《诗家天子大辞典——"诗家天子杯"中华诗词邀请大赛优秀作品集》《天籁之音——第十五届"天籁杯"中华诗词大赛优秀作品集》《诗渊堂——首届中华诗词大赛作品集》等刊物和图书，凡两千余首。

荣获第三届"状元杯"诗状元金奖，中华诗词"天子杯"金奖，第一、二届"国粹杯"中华诗词（楹联）大赛一等奖，第五届"诗词世界杯"一等奖，"开国大典·颂诗70华诞""共和国骄子"荣誉称号，第十五、十六届"天籁杯"中华诗词大赛金奖，"诗渊堂杯"中华诗词大赛一等奖，"百年诗词（楹联）艺术"金奖、功勋诗人等十六次国家级荣誉。2020年6月荣获神州文学家园"中华抗疫名篇——当代文坛爱国诗人百强榜"一等奖并被授予"神州当代优秀文学家"称号。

曾向北大、清华、复旦、上海交大、同济大学、河南大学等高校图书馆及上海市图书馆捐赠图书《晚晴涓韵》。

2020年6月作者荣获神州文学家园"中华抗疫名篇——当代文坛爱国诗人百强榜"一等奖

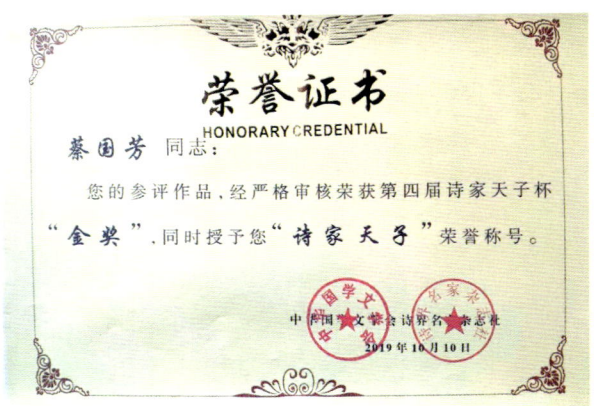

2019年作者荣获第四届"诗家天子杯"金奖

2019年作者荣获第三届"状元杯"金榜题名"诗状元金奖",并获"中华诗状元之家"荣誉称号

2018年作者荣获"诗渊堂杯"中华诗词大赛一等奖,图一为在会上发言

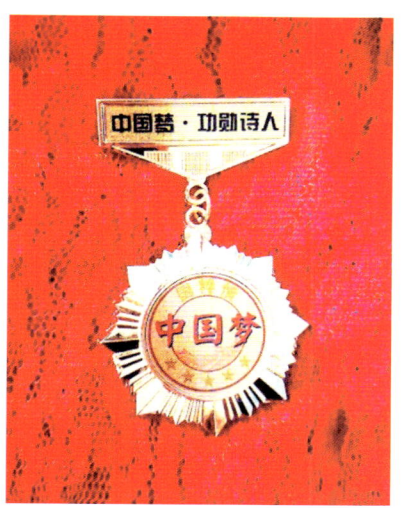

2018、2019 年作者分别荣获百年诗词（楹联）艺术金奖和"开国大典·颂诗 70 华诞"贡献奖

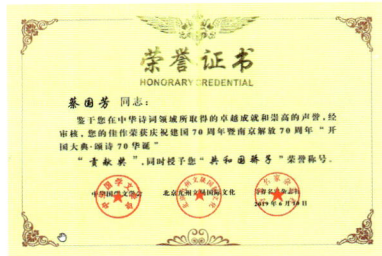
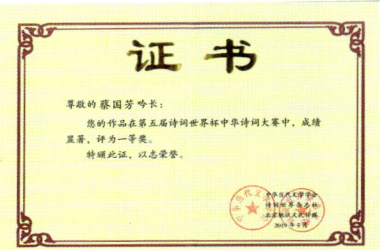

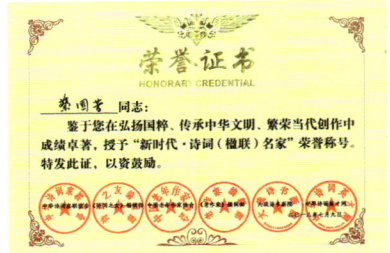

2017—2019年作者所获部分其他奖项和荣誉

2018年上海市第二师范学校附属小学60周年校庆作者赠诗于杨莉俊校长及四（5）班全体学生

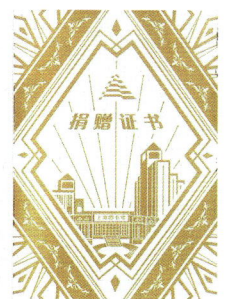

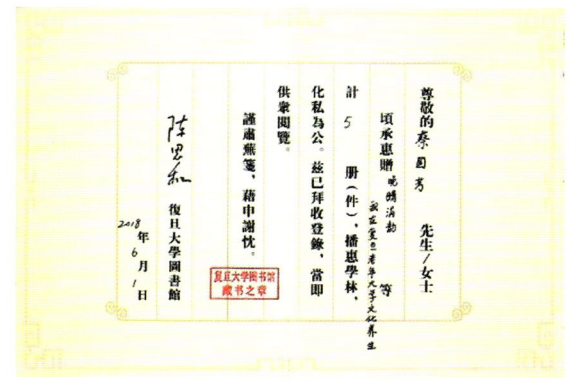

作者向高校图书馆捐赠个人著作

祝贺蔡国芳《旦园流韵》出版

秀女奇才妙艺香,旦园流韵震天罡。
众争紫竹红梅影,我沐清风皓月光。
酿育仁慈诚信义,传承德智礼贤良。
繁荣国粹追华梦,燕舞莺歌醉小康。

全国诗教专家　晨崧
2019 年 11 月 19 日于北京

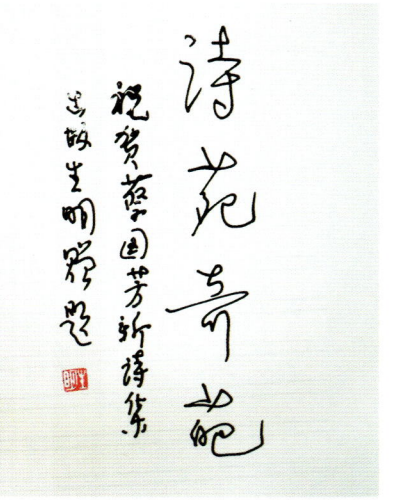

原河南油田局长彭生明赠词

《诗词之友》总编张脉峰赠词

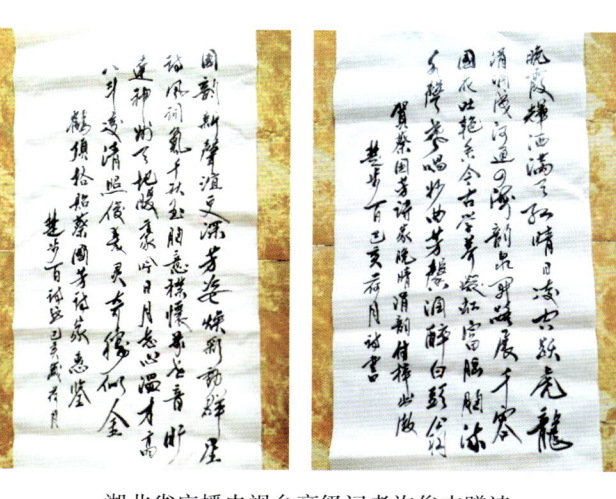

湖北省广播电视台高级记者许俊杰赠诗

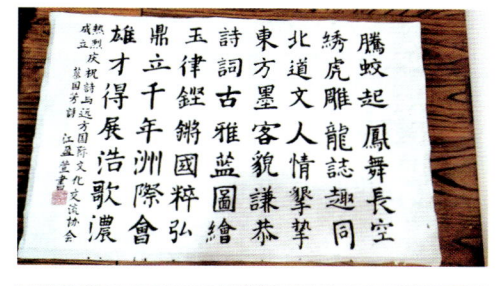

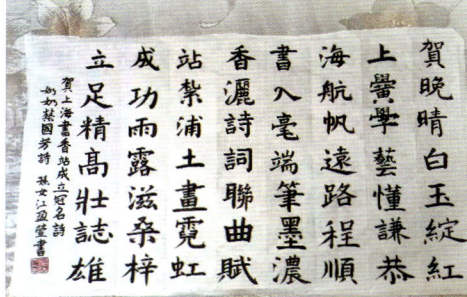

作者孙女江盈萱（十二岁）书法作品，所书为作者诗作

贺《旦园流韵》隆重出版
——赠诗词家蔡国芳

一

大著三部不寻常，
屡获奖杯与奖章。
尺璧寸阴多奋发，
文友共钦是榜样！

二

晶莹朝露迓晨风，
蓦然红日在青松。
古贤诗句今人读，
心中依然好激动！

复旦大学　葛乃福教授
己亥年新正

诗步李杜生花笔，
文法韩柳镂雪思。

同济大学人文学院中文系　邓军教授
2019年5月

河南省南阳广播电视大学校长刘润川赠字

诚祝国芳诗书向世
（藏头诗）

诚崇朋友赞巾帼，祝贺本科称俊才。
国学传承肝胆照，芳尘坚守李桃栽。
诗依新韵推新作，书继古文怀古垓。
问道前程当志显，世间后浪接天来。

江苏省楹联学会　赵成柱
2018 年 6 月 16 日

祝贺《旦园流韵》出版（藏头诗）

祝愿由衷肺腑声，
贺辞优美振灵坤。
旦宵苦著文章秀，
园雨轻飘夕照温。
流水源长连孔孟，
韵符悠久赋禅伦。
出神入化馨香远，
版式清新众口尊。

柳州汉诗学会会长　覃滋高

贺《旦园流韵》出版

蔡君文采总飞扬，
艺苑耕耘已惯常。
舒展情怀施理想，
拓宽视野敢担当。
思如泉涌超清照，
文似锦铺凭智商。
笔舞风云惊沪汉，
腊梅绽放唤春光。

《湖北诗词》杂志主编　张世才

序 一

全国和上海市老年教育"十三五"规划颁布以来,老年教育有了长足的发展,文化养老的理念进一步深入人心。以积极健康的心态参与学习、以丰富多彩的追求完善人生、以行之有效的作为融入社会,已成为更多老年人的理想。

在上海市老年教育师资培训中心的指导下,在我们向示范性老年大学目标前进的过程中,如何卓有成效地开展文史类课程的师资培训,切实提高培训的针对性和有效性,做到教学相长,从而有助于课程建设和课堂教学效果的改善,是我们的又一次探索。

今年,我校成为全国示范老年大学,让我们共同努力,继续把复旦基地和复旦老年大学办成以文会友的好课堂!

(复旦老年大学校长、上海市老年教育师资培训基地主任)

2019 年 9 月 18 日

序　二

领当世文采，开一代新风

己亥年六月夏日，"中国作家薪火相传"金陵诗会上，幸会《诗词之友》杂志上海站站长女诗人蔡国芳先生。蔡君是明代南京翰林学士蔡公羽的后代，出身名门书香之家。受宗祖家风熏陶，自幼好学求真，酷爱五千年中华优秀国粹文化经典。河南大学中文系毕业后一直从事语文教学，且笔耕诗词园地花香果硕。

自退休定居闹市上海，又担任上海《东方民文》报社办公室主任兼执行编辑。一直坚守初志，清心静性，奋笔诗文一展胸襟。用珠玑般的诗句，歌咏真善美，贬斥假恶丑；弘扬国故、国粹、国魂正能量。疏时导世、感恩家国、回报社会、升华人格。

近年来，已出版了《春蚕语丝》及《晚晴涓韵》两部享誉社会的诗文佳作，特别是第二本书《晚晴涓韵》系诗体韵文体裁的另辟蹊径之作！粗略拜观君之诗作，虽未能完全彰显诗之意境深邃、声韵雅美、律格规范等特色，然君之诗作可谓宣传中华国学、国粹、国魂，弘扬中华仁、美、善、真、礼、爱，中和正直人文精神，传播天地人世立身修为行事，主业理政治国疏时导人之全科知识简韵奇书！君著并赠与北大、清华、复旦、上海交大、同济、河南大学、上海图书馆收藏。足见君之心界襟胸抱负非凡也,是一般女子与教师望尘莫及者,鄙人亦为杂学杂家,君我合拍,由衷佩服也!

特赋诗一首:

鹤 顶 格

晚霞辉洒满天红,晴日凌空跃虎龙。
涓滴成河通四海,韵泉开路展千容。
国花吐艳香今古,学养凝虹富脑胸。
流水声声唱妙曲,芳馨润醉白头翁!

如今又连珠串玉创作出版这第三部书《旦园流韵》,再度展现了复旦老年大学的教学成果。在体裁方面又有了新的飞跃,把经典古文内容,用格律诗的韵律写成,让经典古文之国粹和格律诗之国粹优美的韵律相交融,在传统的诗词文化中绽放出一朵古色古香,既蕴含古文精髓内容又富有韵律美感的格律诗的艳丽之花!

今应国芳君要求为该诗集作序的诚意之托,特于暑热之中捧读环诵这珠圆玉润的三百九十九首格律诗韵律佳作,顿觉气爽神怡,为此至美、至真、至诚、至朴、至雅、至情之六大特色特点特长而拍案叫绝! 实为当今这浮躁闹哄时势下出了这位有文才诗气的巾帼后秀而欣慰高兴异常。正是:意扬国粹正道,诗咏时代人文也!

这里,为表述对国芳君这部诗著的品读评介,鄙人特以以下一首小绝作为抛砖引玉之序。

国色天香一代骄,芳枝艳芍苦中熬。
诗花怒放人生乐,大展风情品位高!

是以为序!

许俊杰(楚步百)
(湖北广播电视台高级记者,著名诗人、作家)
己亥荷月七日武陵齐岳山谋道古镇

自　序

　　巍巍昆仑白云悠悠,浩浩江河波浪滔滔,孕育了华夏五千年古老而璀璨的历史与文明。多少仁人志士为她献身捐躯,惊天地,泣鬼神;多少骚人墨客为她纵情讴歌,写下光耀史册的壮丽诗章!呼唤五千年中华文明精神力量的传承、优秀传统文化的回归,这是我们每一个炎黄子孙梦寐以求的心愿。

　　退休以后,我在复旦老年大学文化养老养生,多年来练笔不辍,写下一些诗歌、韵文编辑成书。尽管我的诗篇还比较稚拙,但这是复旦老年大学的教学成果,反映了党和政府对文化养老的关怀,也是为国家文化振兴添砖加瓦吧!

　　这次将要出版的第三本诗集为我的呕心沥血之作,分成四个部分,共有旧体诗三百九十九首,皆参照平水韵写成,以及新诗十八首。

　　第一部分是三年来在文学欣赏班课堂听了邓军教授讲课,学习经典古文和楚辞汉赋等作品后结合自己的感悟和想象,用七律的表现形式抒写。

　　其中学习了屈原的《离骚》(节选),深切地感悟到:

屈原将理想的热烈追求融入了艺术的想象和神奇的意境中,以鲜花、香草喻品行高洁的君子,以臭物、萧艾比喻奸诈或变节的小人,以佩带香草来象征诗人的品德修养。学习了北宋著名政治家、文学家范仲淹的《岳阳楼记》,领略了洞庭湖的秀丽和作者的"览物之情,得无异乎"的变化,领悟了范仲淹"不以物喜,不以己悲"的旷达胸襟和"先天下之忧而忧,后天下之乐而乐"的政治抱负。欣赏了节选自《史记·项羽本纪》的《鸿门宴》,感受到了刘项矛盾的不可调和性及刘项迥异的性格特点,体会到了文中叙事的精妙,如宴前藏玄机的揭露,宴中露杀机的惊险,宴后逃危机金蝉脱壳的奥妙;还有"建安七子"之一曹植久负盛名的代表作《洛神赋》,他幻想出一个迷离奇幻的人神相恋故事,极力刻画了和洛水女神所经历的一段悲欢离合的爱情,生动地塑造了洛神纯真美丽而又热情活泼的形象,表达自己对美好理想的追求,以及理想破灭的惆怅与悲哀。中国西汉伟大的史学家司马迁写的《报任安书》,全文借回答任安"推贤进士"数语,围绕一个"辱"字,诉说了自己的不幸遭遇和精神上难以形容的苦痛,表现了司马迁发愤著书、雪耻传名的顽强意志。江淹的《别赋》,是南朝辞赋的代表佳作,以浓郁的抒情笔调、环境衬托、情绪渲染、心理刻画等艺术方法对戎军、富豪、侠客、游宦、道士、情人等别离的描写,更是生动具体地反映出齐梁时代社会动乱的侧影,状写特定人物同中有异的别离之情,以别方不定,别理千名,打破时空的方法归结，在以悲为美的艺术境界中概括出人类别离的共有感情。贾谊的《过秦论》，分析了秦王朝的成败得失，为汉文帝改革政治提供借鉴。北宋欧阳修的名作《秋声赋》，让人深切感受到作者当时所处环境，在漆黑的静夜草木被风摧折的悲凉，作者对宦海沉浮、人生苦短的深沉的感慨。《正气歌》，充分展现了文天祥被俘入狱后的爱国精神和民族气节。《墨池记》，是北宋曾巩著名的散文，则充满了对王羲之勤奋精神的钦佩和仰慕之情⋯⋯

本书第一部分用七律诠释这些脍炙人口的经典古文及楚辞汉赋，让国粹文化水乳交融，也是一种新的独创尝试。新的尝试有特定历史意义，但愿能为纯洁的诗坛绽放出弥漫着古色古香又具有韵律美感的绚丽之花！

本书的第二、第三部分则是描写对人生百态、民间习俗的所见所闻、所思所想，喜怒哀乐随感而发；也有邀友酬唱，互相应和，融入了物境、情境、意境。凝神于心脑，处身于环境，吟唱于感悟，均是得之于心、运之于笔之作品也。

即将出版的诗集《旦园流韵》，得到了复旦老年大学沈文龙校长和湖北省广播电台高级记者许俊杰先生的关怀与帮助，并为本书赐序。中国石化作协丛松彪主任和河南油田彭生明局长热情鼓励和鼎力相助。复旦大学葛乃福教授、同济大学邓军教授赠贺诗、贺词。《诗词之友》张脉峰总编热情鼓励并赠贺词。江苏省楹联专家赵成柱老师为我的诗篇热心辅导、修改、赠诗。还得到了广西柳州汉诗学会覃滋高会长、《湖北诗词》主编张世才的支持并赠诗。

  在此，谨对上述各位领导和老师一并表示我最诚挚的感谢！最真诚的敬意！

蔡国芳
2019 年 8 月 8 日

目 录

序一 ········· 1
序二 ········· 1
自序 ········· 1

欣 赏 经 典

辞赋滥觞屈子始 ········· 3
   期约难遇吟彷徨 / 血泪染成湘妃竹 ········· 3
   高阳后裔性刚强 / 质本高洁落彷徨 ········· 4
   上下求索依遗则 / 屈心抑志忍攘诟 ········· 5
   悔道不察以死抗 /《橘颂》美篇扬天下 ········· 6
   枝繁叶茂果圆润 / 咏物抒情开先河 ········· 7

以史为鉴《过秦论》 ········· 8
   贾谊论古析成败 / 强秦崛起万夫雄 ········· 8
   开疆拓土发展猛 / 统一天下盛至极 / 陈涉起义灭秦朝 ········· 9
   不施仁政可资鉴 ········· 10

惊心动魄《鸿门宴》 ········· 11
   鸿门宴前藏玄机 / 鸿门宴中蕴杀机 ········· 11
   鸿门宴后载《史记》 ········· 12

《报任安书》舒愤懑 ········· 13
   司马迁述迟复由 / 腐刑之痛羞当世 ········· 13

国士之风数李陵／为李辩功受诬罪／苟且忍辱笔耕耘………… 14
　　　卓越不凡怀壮志／《史记》鸿篇千秋传…………………………… 15

悲壮诗史《蒿里行》……………………………………………………… 16
　　　曹操雄心除奸恶／感慨将领怀异心………………………………… 16
　　　白骨露野无鸡鸣……………………………………………………… 17

千古绝唱《洛神赋》……………………………………………………… 18
　　　曹植归藩遇洛神／洛神瑰姿艳逸芳………………………………… 18
　　　爱慕淑美礼义致／体态婀娜情多姿………………………………… 19
　　　人神道殊成绝唱／奇幻迷离《洛神赋》…………………………… 20

《兰亭集序》漫逸趣……………………………………………………… 21
　　　书法美冠王羲之／流觞曲水兰亭宴………………………………… 21
　　　趣舍万殊感慨多／录众所述并作序………………………………… 22

爱情悲剧颂挚情…………………………………………………………… 23
　　　《孔雀东南飞》序曲／不堪驱使兰芝归…………………………… 23
　　　焦母蛮狠仲卿懦／睹物思人话离别／蒲苇磐石情相依…………… 24
　　　伤心欲绝归娘家／心已绝望假允婚／太守迎娶极奢华…………… 25
　　　生人死别情相逼／双赴黄泉敢叛逆／合葬化鸟诫世人…………… 26

《别赋》分离话沧桑……………………………………………………… 27
　　　江淹《别赋》离情至／龙马银鞍富贵别…………………………… 27
　　　剑客惭恩游侠别／边郡负羽从军别………………………………… 28
　　　远山长河绝国别／幽闺琴瑟夫妇别………………………………… 29
　　　驾鹤腾天方外别／春情秋思恋人别………………………………… 30
　　　摹别离情悲共鸣……………………………………………………… 31

《与朱元思书》欣赏……………………………………………………… 32
　　　奇山异水蕴独特／水静浪动两相宜………………………………… 32
　　　层峦叠嶂展奇姿／窥谷忘返自息心………………………………… 33

阅《王子坊》感盛衰……………………………………………………… 34
　　　皇宗所居王子坊／河间王元琛豪奢………………………………… 34

名马银槽金锁环 / 锦罗珠玑满府库 / 元融贪心妒生疾 …………… 35
　　河阴之役元氏歼 / 王侯第宅成佛寺 …………………………………… 36

骈文家信放异彩 …………………………………………………………… 37
　　鲍照登岸与妹书 / 含霞饮景凌跨陇 …………………………………… 37
　　神居帝郊庐山峰 / 奔涛空谷富春江 / 繁化殊育水生物 …………… 38
　　游鸿远吟景有情 …………………………………………………………… 39

李白豪情感心扉 …………………………………………………………… 40
　　蜀道之难凋朱颜 / 剑阁峥嵘慎守关 …………………………………… 40
　　《将进酒》力抒不平 / 蔑视权贵酒浇愁 …………………………… 41
　　深恨政弊空怀梦 …………………………………………………………… 42

读杜甫《旅夜书怀》 ……………………………………………………… 43
　　独立天地夜飘零 / 文章扬名仕途茫 …………………………………… 43

赏析《庐山草堂记》 ……………………………………………………… 44
　　白居易修筑草堂 / 竹帘纻帏草堂雅 …………………………………… 44
　　物我两忘启心智 / 南抵石涧古松杉 …………………………………… 45
　　堂北层崖积石美 / 东西瀑泉脉线悬 …………………………………… 46
　　愿老此山归自然 …………………………………………………………… 47

品读韩愈《调张籍》 ……………………………………………………… 48
　　笔势纵横赞李杜 / 光焰四溢李杜诗 …………………………………… 48
　　乘风振奋学先贤 …………………………………………………………… 49

读《段太尉逸事状》 ……………………………………………………… 50
　　柳宗元笔颂太尉 / 郭晞纵兵任妄为 …………………………………… 50
　　太尉请任都虞候 / 勇服郭晞治纵逸 / 太尉慈仁令谌愧 …………… 51
　　礼栖木梁清而廉 / 太尉逸事存史馆 …………………………………… 52

典范之作《秋声赋》 ……………………………………………………… 53
　　文以载道欧阳修 / 方夜读书风萧飒 …………………………………… 53
　　秋气凛冽老而悲 / 万物盛衰循规律 …………………………………… 54
　　人非金石勿争荣 / 悲秋留下千古赋 …………………………………… 55

《墨池记》里印勤奋 ………………………………… 56
  曾巩作记赞墨池 / 王羲之学书染墨 ………… 56
  仁人遗风励来者 ……………………………… 57

赏名作《岳阳楼记》 ……………………………… 58
  范公撰记岳阳楼 / 览景物朝晖夕阴 ………… 58
  日星隐耀感极悲 / 春和景明乐之极 ………… 59
  忧乐天下而后已 ……………………………… 60

东南形胜咏美景 …………………………………… 61
  话尽杭州《望海潮》/ 户盈罗绮竞豪奢 ……… 61
  十里荷花赏烟霞 ……………………………… 62

千年芬芳燎沉香 …………………………………… 63
  周邦彦词丽精工 / 清水芙蓉去雕饰 ………… 63
  小楫轻舟故乡梦 ……………………………… 64

天地寰宇《正气歌》 ……………………………… 65
  留取丹心文天祥 / 孱弱俯仰囚土室 ………… 65
  天地正气垂丹青 / 视死如归壮烈志 ………… 66
  历举典故忠贞士 / 千古不灭浩然气 ………… 67

远塞别书白雪歌 …………………………………… 68

济世神医《华佗传》 ……………………………… 69
  西晋陈寿赞华佗 / 药到病除医道殊 ………… 69
  华佗技绝反遭害 / 师徒世传五禽戏 ………… 70

传诵不衰《登楼赋》 ……………………………… 71
  王粲登楼思归情 / 遭纷浊迁徙之痛 ………… 71
  伤时忧怀才不遇 ……………………………… 72

茅屋破歌盼广厦 …………………………………… 73
  风破茅屋悲歌吟 / 群童盗草无奈何 ………… 73
  布衾似铁夜难眠 / 安得广厦庇寒士 ………… 74

人生百态

盛世社会颂党恩 ··· 77
　缅怀毛主席诞辰125周年感赋 / 纪念毛主席诞辰126周年 ······ 77
　毛公颂 / 悼念周总理 ··· 78
　贺国庆70周年 / 纪念南京解放70周年 ···························· 79
　祖国华诞吟 / 欢庆港珠澳大桥通车 ································ 80
　国泰民安 / 夸鹦鹉洲长江大桥 / 贺八一建军节 ················· 81
　三八国际劳动妇女节感赋 / 中国历代妇女英模吟 ·············· 82
　纪念雷锋同志 / 利剑高悬 / 观党群下乡宣传十九大图 ········ 83
　观中华诗词大赛之感想 / 观中华诗词大赛再感叹 ·············· 84
　贺复旦老年大学第四次师资培训课圆满成功 / 贺上海书香站成立
　　（冠名诗） ··· 85
　再贺上海书香站成立 / 辞旧迎新年 ································ 86
　闻上海建知青广场 / 凤凰村采风行 ································ 87
　学雷锋 / 中华人民共和国成立70周年感赋 ······················ 88
　欢呼建党98周年 / 喜贺中国共产党98岁生日 ··················· 89
　又新年感赋 / 庆贺《诗词之友》创刊20年 ······················ 90
　纪念中国人民解放军建军92周年 / 食品添加规范吟 ··········· 91
　也说舌尖上的中国 ·· 92
　打黑除恶 / 勘探之旅 ··· 93
　钻井工人钢铁汉 / 帐篷安家 ··· 94
　赞赴疆会战石油勇士 / 采油女工竞风采 ·························· 95
　重阳节思油田故友 / 中华新时代 ··································· 96
　复旦师资培训课《坚定文化自信》感悟 ························· 97
　庆贺祖国70周年 / 观人民海军70周年 / 观阅兵有感 ·········· 98
　抗疫 / 春归去 / 同舟共济 ·· 99

庚子劫 / 战胜瘟疫 ··· 100

寄情寓景咏山水 ··· 101

　　春 / 夏 ··· 101
　　秋 / 冬 ··· 102
　　参观开封府 / 欣赏《清明上河图》中景 / 参观少林寺 ···························· 103
　　有感钟祥明显陵 / 赏樱花 ··· 104
　　雪中梅 / 雪地冰帘 ··· 105
　　赏雪长安得盛峰 / 月食之奇观 / 江畔静思 ···································· 106
　　忆三峡诗会 / 观花灯缤纷 / 初春赋 ··· 107
　　己亥吟春 / 七夕银河吟 / 游阅江楼 ··· 108
　　拜谒中山陵 / 秋欲暮 ··· 109
　　观菊花 / 秋光谣 ··· 110
　　江南初春 / 题咏谋道古镇天下第一水杉王树 ···································· 111

夕阳渔歌唱晚晴 ··· 113

　　祝贺《诗与远方》创刊（冠名诗）/ 贺诗与远方国际文化交流协会
　　　成立 ··· 113
　　学术交流平台筹备会感 / 贺《海山缘》诗集付梓 ································ 114
　　杏坛之恋——重温三十多年教师情愫 / 新婚之喜 ································ 115
　　赞林溪侗寨旅游百家宴 / 迎新团拜会 / 获奖有感 ······························· 116
　　读诗友《七十感叹》吟 / 棕叶香 / 投稿遐想 ···································· 117
　　诗友情长 / 夜读 / 清明祭 ··· 118
　　重九登高赋 / 幸有诗书慰寂寥五首 ··· 119
　　书房盆景遐想 / 鉴古抒新 /《大浪诗潮》感赋 ·································· 122
　　过年 / 吟大雪 / 勤学苦练 ··· 123
　　贺新居 / 清晨 / 老屋建造八十年感赋 ··· 124
　　恭贺二师附小校庆（冠名诗）/ 言志 ··· 125
　　中秋思友 / 赞赵成柱老师八十诗翁 ··· 126
　　祝张荣金顾问八十寿辰 / 上海站诗友交流 / 元宵观灯 ·························· 127
　　自勉 / 邀游西塘花村 / 写作感言 ··· 128

拜读许俊杰老师《黄鹤楼碑引》感赋 / 听张脉峰总编讲课 / 探望
　　诗友 ··· 129
忆母亲生前纺织情怀 / 贺赵成柱老师受聘顾问 / 端午节悼念
　　屈原 ··· 130
贺新年 / 百度搜《春蚕语丝》与《晚晴涓韵》喜留名 / 赞复旦老年
　　大学 ··· 131
荣幸加入中石化作协、中华诗词学会双喜临门感怀 / 赞长子江明与
　　儿媳张萍 ·· 132
孙女江玥颖全面发展好 / 夸次子江锋与儿媳秦莉 / 赞孙女江盈萱
　　获全国少儿书法大赛二等奖 ·· 133
包粽子 / 中秋赏月感赋 ··· 134
吟重阳 / 贺2019年元旦 / 在上海过年 ··· 135
旺年闹元宵感赋 / 人生 ··· 136

人 文 荟 萃

题2019诗词峰会合影 / 寒秋咏枫 / 观赏桃园寻春图 ················· 139
申城夜景 / 冬夜笔耕 / 喜获《大浪诗潮》 ··································· 140
血月吟 / 返乡曲 / 张脉峰好 ·· 141
赞孙娜 / 致诗友 / 画图鉴赏之妙笔（题跋） ································ 142
浦江秋色 / 冬夜 / 赏菊 ··· 143
《旦园流韵》献复旦老年大学颂歌 / 雪 ·· 144
读《阿添哥的秋天》 / 题金橘悬枝图 / 观山水天兰图 ··················· 145
祭祖吟 / 人生歌 / 赏彩云 ·· 146
戊戌春天 / 观幼苗图 / 包水饺 ··· 147
观赏美女驾鸡神龟凌浪图 / 茶壶赞 / 赠上海二师附小三(5)班 ····· 148
登泰山 / 拜师难 / 吟春耕图 ·· 149
迎春诗会赞 / 赏中国茶城交易图 / 晨练 ····································· 150

浦江轮渡 / 忆梦 / 玫瑰 ……………………………………………… 151
海关钟 / 流年 / 听老师讲诗词 ………………………………………… 152
劳动节吟 / 汉商采风 / 恭贺张世才会长获殊荣 ……………………… 153
上海"二师附小(5)班画展"感赋 / 迎春诗会赞 / 经济增长有感 …… 154
中秋望月感怀二首 / 连闯三关 ………………………………………… 155
重阳菊香 / 中秋夜遐想 / 答谢诗友 …………………………………… 156
诗心永存 / 上海诗人 / 笔耕 …………………………………………… 157
守护家门 / 抗疫 / 冬夜遐想 …………………………………………… 158
问垂柳 / 写在国家公祭日 ……………………………………………… 159
题邓公辛樵豪饮图 / 解放军进驻武汉 / 小江南 ……………………… 160
欢度元旦 / 观高崖悬瀑图 / 登黄山有感 ……………………………… 161
雪中梅 / 牧马千骑 / 腊八节 …………………………………………… 162
题书香公寓空中花园 / 苗山雾月杜鹃红 / 依韵答谢众方家 ………… 163
晚晴好 / 唱和乐趣 / 为武汉加油 ……………………………………… 164
咏书香 / 植树 / 忆童年二首 …………………………………………… 165
咏菊 / 庆贺祖国70周年三首 …………………………………………… 166
清明祭祀 ………………………………………………………………… 167
悼念凉山灭火英雄 / 访金门高粱酒厂 / 感赋谷雨诗于谷雨日 ……… 168
5·20快乐 / 赞两老收割图 …………………………………………… 169
嫦娥五号感言 / 五一劳动节感赋 / 观《高山流水》封面有感 ……… 170
写作悟 / 云开雾散 / 赞五四精神 ……………………………………… 171
贺众诗友作品集体登刊 / 初赴北京 / 夜难眠 ………………………… 172
重任肩 / 赞好友 / 合影 ………………………………………………… 173
微信 / 咏双星 / 笔耕 …………………………………………………… 174
煮茗润墨 / 笑颜多 / 诗词靓春晚 ……………………………………… 175
贺多会召开 / 乡情 / 赏城隍庙灯会 …………………………………… 176
玄武湖美景 / 采莲吟 / 阅《红楼梦》有感 …………………………… 177
玄武湖留影 / 金陵奇遇 / 别来无恙 …………………………………… 178
遇英才 / 路 / 贺《旦园流韵》付梓 …………………………………… 179

迎国庆／四十年前回恩施／途经三峡 …………………… 180
深秋美景 ……………………………………………………… 181

新诗·花絮

我与共和国同成长 ………………………………………… 185
春晚唤春 …………………………………………………… 189
冬日拾景 …………………………………………………… 191
参观上海菊花展 …………………………………………… 192
坚守初心 …………………………………………………… 193
为军运会歌唱 ……………………………………………… 195
教师情 ……………………………………………………… 197
秋的到来 …………………………………………………… 199
雨润月 ……………………………………………………… 201
秋热 ………………………………………………………… 202
桂花香 ……………………………………………………… 203
问路 ………………………………………………………… 204
话晚秋 ……………………………………………………… 205
同舟共济 …………………………………………………… 207
赠白衣天使的赞歌 ………………………………………… 209
春天姗姗来临 ……………………………………………… 211
送别 ………………………………………………………… 213
武汉解封有感 ……………………………………………… 215

后记 ………………………………………………………… 217

欣赏经典

辞赋滥觞屈子始

期约难遇吟彷徨①

湘水微澜骤起狂,网罗倒置树披装。
蛟龙无趣徘徊守,麋鹿追踪俯仰忙。
荪草铺床香满溢,石兰挂饰靓新房。
佳人倩影难寻远,抛物承情独自伤。

　　平水韵： 七阳

(本诗荣获"诗渊堂杯"中华诗词大赛一等奖,并收入《诗渊堂——首届中华诗词大赛作品集》)

血泪染成湘妃竹

血泪凝章烙印斑,神奇故事美文间。
舜君惩恶三生献,妃子寻夫万里艰。
湘水呜咽凄婉伴,乙君痛泣冷阑攀。
眼穿滴血沾孤竹,七彩黄昏苦更潸。

　　平水韵： 十五删

(本诗荣获"诗渊堂杯"中华诗词大赛一等奖,并收入《诗渊堂——首届中华诗词大赛作品集》)

---

① 以下两首为《湘夫人》感怀。

高阳后裔性刚强[①]

高阳古帝子孙良,美好仪容育俊郎。
丽日轻烟遮秀草,姿天淡雨映霞光。
身居幸福心惊喜,道重元良胆悸强。
芷草秋兰随日月,扬鞭骏马跃前方。

平水韵: 七阳

(本诗荣获第十五届"天籁杯"中华诗词大赛金奖,并收入《天籁之音——第十五届"天籁杯"中华诗词大赛优秀作品集》)

质本高洁落彷徨

忠言秉正受谗伤,祸害奸臣乱政纲。
复为亲卿批面垢,居然志士涌多方。
冰壶玉尺清纯美,祖帐轻团粹美扬。
结党营私王重用,德高爱国落彷徨。

平水韵: 七阳

(本诗荣获第十五届"天籁杯"中华诗词大赛金奖,并收入《天籁之音——第十五届"天籁杯"中华诗词大赛优秀作品集》)

---

① 以下五首为《离骚》感悟。

上下求索依遗则

春兰蕙草永弥香,薜荔奇花百世芳。
著祖生鞭伤唾瓦,翻桓典马铁磨钢。
闻鸡起舞三思反,破浪乘风五不狂。
妒忌招徕私欲恨,壮心不变自轩昂。

平水韵: 七阳

(本诗荣获第十五届"天籁杯"中华诗词大赛金奖,并收入《天籁之音——第十五届"天籁杯"中华诗词大赛优秀作品集》)

屈心抑志忍攘诟

朝廷贬黜叹忧伤,险恶投机谄媚狂。
醉墨成花微雨细,泥丸布锦暖风凉。
都城旧恨黄茅舞,阶下新愁绿柳扬。
抑志寒心难避退,民生苦怨国将亡。

平水韵: 七阳

(本诗荣获第十五届"天籁杯"中华诗词大赛金奖,并收入《天籁之音——第十五届"天籁杯"中华诗词大赛优秀作品集》)

悔道不察以死抗

迷途屹立惜幽香，纵目明观腹自刚。
谢酒恭维藏诡诈，壶觞后至尔包装。
冥冥地狱怀愁怨，漫漫天堂饮恨长。
溅泪惊心投汨水，灵魂爱国永留芳。

平水韵：七阳

（本诗荣获第十五届"天籁杯"中华诗词大赛金奖，并收入《天籁之音——第十五届"天籁杯"中华诗词大赛优秀作品集》）

《橘颂》美篇扬天下[①]

抒情咏物《楚辞》篇，品态坚贞惜善缘。
雕锦集姿千挂美，芬芳漫贵四争妍。
日光灼热疑悬火，枝叶婆娑似奏弦。
旨意秉承凭志向，根深茂盛举高贤。

平水韵：一先

（本诗荣获第三届"状元杯"诗状元金奖，并收入《中华诗词全集》）

---

① 以下三首为《橘颂》欣赏。

枝繁叶茂果圆润

南方品位展娇妍,绿叶白花美景鲜。
气度矜衿君子颂,身临境地友人坚。
热情礼待金丸重,敬仰来宾玉果仙。
绚丽青黄纯净貌,缤纷繁茂显缠绵。

平声韵: 一先

(本诗荣获第三届"状元杯"诗状元金奖,并收入《中华诗词全集》)

咏物抒情开先河

外形饱满味甘鲜,玉润娇观惹爱牵。
篱落金悬逾邺北,帕罗秀色丽平川。
王灵懂孝扬州贡,屈子忠心苦水连。
咏物佳篇成始祖,抒情述志赞千年。

平水韵: 一先

(本诗荣获第三届"状元杯"诗状元金奖,并收入《中华诗词全集》)

以史为鉴《过秦论》

贾谊论古析成败

纷争议论比贤良,气势恢宏美赋刚。
驾马观花呈异彩,连年猎兽显坚强。
貂裘荐引船栖岸,锦缎昂编草靓妆。
雄辩文章谈政弊,秦朝胜败垫铺张。
　　　　平水韵: 七阳

强秦崛起万夫雄

囊收四海并八方,席卷山河务守疆。
六月征兵能救国,三年转战为安乡。
奸刁聚首侵东北,狡诈声威震洛阳。
斗垮诸侯谋策略,稳争宝座立秦王。
　　　　平水韵: 七阳

开疆拓土发展猛

惠王率领拓无边,攻取周围曲沃田。
济济多人齐酝酿,师师百吏议蝉联。
分离恣纵存机巧,制约连横蕴互牵。
臣服祖龙争献媚,实权在握必登巅。

平水韵：一先

统一天下盛至极

严刑奴役展威名,震慑山川百姓惊。
铁甲霜天围六域,朱旗绛野令三更。
日连白雪千河海,月照黄沙万里城。
地势弥坚强弩守,秦王业盛百花迎。

平水韵：八庚

陈涉起义灭秦朝

匹夫陈涉袭秦王,暴动锄耙胜火枪。
斩霸凌君齐造反,灭尸获魏撮朝纲。
唯思旧怨平民愤,不忘私仇战列强。
成败原因当有果,仁慈勿施导衰亡。

平水韵：七阳

不施仁政可资鉴

盛衰异变费思量，倨见高人犯早殇。
自大轻狂多满足，才华浅薄貌无庄。
以金底摆常生物，燃蜡炊薪瞬闪光。
独步青天难进取，仁慈殆尽警钟长。

平水韵：七阳

惊心动魄《鸿门宴》

鸿门宴前藏玄机

鸿门设宴隐情藏,楚汉相争戏上场。
款曲私通曹告密,思谋筹运范倾囊。
直文季父传缄秘,高士张良叛祖王。
两面交锋挑对立,玄机暗布网铺装。

平水韵: 七阳

(本诗荣获"诗渊堂杯"中华诗词大赛一等奖,并收入《诗渊堂——首届中华诗词大赛作品集》)

鸿门宴中蕴杀机

沛公拜羽欲磋商,赐座鸿门饮酒浆。
掌命范增三举玦,书言楚将只藏囊。
相依舞剑庄行刺,说项拦扛翼蔽防。
樊哙挺身能解患,刘邦避险靠贤良。

平水韵: 七阳

(本诗荣获"诗渊堂杯"中华诗词大赛一等奖,并收入《诗渊堂——首届中华诗词大赛作品集》)

鸿门宴后载《史记》

沛公巧取脱惊惶,鱼肉堪悲斧俎殃。
胜算刘邦开世局,善谋良帅济时方。
先知赠玉蒙王惑,独见烟壶亚父伤。
诛杀曹奸遗后患,鸿门宴记载篇章。

平水韵:七阳

(本诗荣获"诗渊堂杯"中华诗词大赛一等奖,并收入《诗渊堂——首届中华诗词大赛作品集》)

《报任安书》舒愤懑

司马迁述迟复由

书迟复歉意惭惶,举荐贤能见主将。
让友为官思绪远,承恩忆旧恋孤芳。
传经问义曾铭志,待诏求良悟政纲。
拷受腐刑心耻辱,衷言浅陋解愁肠。

　　　　平水韵：七阳

腐刑之痛羞当世

仁慈睿义建奇功,耻辱创伤始善终。
辟以朝纲三巧诡,刑期怒诟四难同。
人遭鬼魅心神乱,官遇奸馋世路穷。
论列英才羞愧悔,卑微语贱慎和衷。

　　　　平水韵：一东

国士之风数李陵

同朝将帅李陵忠,战马横挑射箭雄。
力绝奇才能卷铁,刀开血路敢争功。
呼风驾虎驱强寇,舞剑腾蛟显兴戎。
赤胆诚心遭诽谤,侠肠硬骨辩恩公。

平水韵: 一东

为李辩功受诬罪

胡军突剿李陵攻,帅落投身万弩中。
孔号祥和忠爱讲,于求赦免细心融。
辞宏秉正严风展,罪易宽容法理通。
圣上迷昏偏听信,奸臣嫁祸腐刑蒙。

平水韵: 一东

苟且忍辱笔耕耘

尘间受辱忍相从,苟活偷生作抚恭。
月损文王观眼底,星流季布为奴佣。
相斯受耻遭刑具,王信蒙冤灭汉凶。
例举侯相遭落难,胸怀壮志似苍松。

平水韵: 二冬

卓越不凡怀壮志

披尘嚼胆断嘲声,抱怨遗羞壮志诚。
孔号《春秋》遭困顿,丘明《国语》响如筝。
韩非《说难》幽囚地,孙子《兵书》锯骨成。
杜甫诗神儒典雅,东坡弄墨笔勤耕。

　　平水韵： 八庚

《史记》鸿篇千秋传

随波逐浪度艰难,困惑眠闲自逸安。
鹤唳鸡鸣窝里乐,山潜水杳木中观。
书藏秘诀琅玕腹,赋写诗经溢笔端。
淡雅珠沉修巨册,精研典籍史传刊。

　　平水韵： 十四寒

悲壮诗史《蒿里行》

曹操雄心除奸恶

董臣毒暴性豪强,施虐凶残武断狂。
焉懂归鸿休望报,随从犀斗不需防。
刻舟求剑寻恩怨,聂政幽琴盼早殇。
探讨联军同效力,雄心大略蕴咸阳。

平水韵:七阳

感慨将领怀异心

明争暗斗致残伤,合并踌躇落自戕。
定计千般专策划,磋商多次独寻方。
龙文画马知遭失,虎豹蒙牛胜算强。
探讨难齐成雁散,淮南刻玺北提防。

平水韵:七阳

白骨露野无鸡鸣

频繁混战百家殃,砌骨成堆四野荒。
万戟林行单辟易,千骑雷动众匆忙。
远攻外守平民怕,近刺谦冲锐士强。
嗟叹无辜遭祸乱,凄悲杀戮断人肠。

　　平水韵：七阳

千古绝唱《洛神赋》

曹植归藩遇洛神

归藩近路水川洲，万绪纷飘艳丽悠。
信步移朱唇浅绛，梅妆饰皓齿容留。
桃犹嫩小蛮腰挺，玉未香樊素口羞。
子建怀情惆怅溢，宓妃化美守寻幽。

平水韵：十一尤

（本诗荣获第十五届"天籁杯"中华诗词大赛金奖，并收入《天籁之音——第十五届"天籁杯"中华诗词大赛优秀作品集》）

洛神瑰姿艳逸芳

明珠耀体散幽芳，远照文奇徙步藏。
倒晕眉罗裙绚饰，凝酥颊宝髻浓妆。
南朝粉黛茱萸绿，北部胭脂豆蔻香。
百态娇柔娴雅美，飘然采草意徜徉。

平水韵：七阳

（本诗荣获第十五届"天籁杯"中华诗词大赛金奖，并收入《天籁之音——第十五届"天籁杯"中华诗词大赛优秀作品集》）

爱慕淑美礼义致

微波玉佩爱心忠,语递琼传落雁珑。
日照双飞形影对,风扶并蒂万花丛。
蘋洲宝岛拴情意,翠浪金沙掠水同。
赋敛忱容尊致礼,祈求丽偶附由衷。

平水韵: 一东

(本诗荣获第十五届"天籁杯"中华诗词大赛金奖,并收入《天籁之音——第十五届"天籁杯"中华诗词大赛优秀作品集》)

体态婀娜情多姿

轻裁锦翠靓新装,笑戴红鸾舞袖长。
扇咏何郎晨贺世,箫吹弄玉暮归昌。
青庐结拜求佳偶,紫壁相连梦绣床。
俊润容颜呈姣美,丰盈体态欲飞翔。

平水韵: 七阳

(本诗荣获第十五届"天籁杯"中华诗词大赛金奖,并收入《天籁之音——第十五届"天籁杯"中华诗词大赛优秀作品集》)

人神道殊成绝唱

人神有斥喜难成,两地相思洒泪莹。
起越端山牵想象,悲欢绪水带离声。
三生冷落惊风散,万里酸辛望远征。
眷念徘徊增爱慕,千年绝唱永钟情。

平水韵: 八庚

(本诗荣获第十五届"天籁杯"中华诗词大赛金奖,并收入《天籁之音——第十五届"天籁杯"中华诗词大赛优秀作品集》)

奇幻迷离《洛神赋》

余情缱绻印心铭,远逝天神万里聆。
花落鸟啼鱼信断,山长水阔雁婷娉。
愁临鸾镜茱萸点,懒扫蛾眉豆蔻灵。
失意悲欢归美好,追求靡亮赋芳馨。

平水韵: 九青

(本诗荣获第十五届"天籁杯"中华诗词大赛金奖,并收入《天籁之音——第十五届"天籁杯"中华诗词大赛优秀作品集》)

《兰亭集序》漫逸趣

书法美冠王羲之

浮云润墨撮毫忙,似浪翻波采众长。
命驾观披常曲颈,书经换踏赤游塘。
银鹅敬献挥椽笔,水羽能飘取典章。
醉态矜持尝美味,娇娥喜悦获东床。

　　　　平水韵：七阳

流觞曲水兰亭宴

兰亭聚友结名优,险峻群山密竹幽。
水送寒归迎暖日,烟迷碧树显花柔。
三溪置宴循环转,九曲流觞雅赋留。
镜泄琉璃宾礼让,茵连墨客美筵酬。

　　　　平水韵：十一尤

趣舍万殊感慨多

安宁急躁救灾攻,仰俯沉浮处境同。
必具才华当律己,该谦世事记和衷。
天崇百岁能长寿,地聚三光纳福融。
造化人生凭命运,终期谁不入苍穹?

　　　平水韵:　一东

录众所述并作序

人生变化实无穷,触景怀情逸趣同。
蘸墨珠辉盈口美,挥毫雾散锦心雄。
杯中下笔风云状,马上占辞月露红。
爱乐随缘书序曲,传承后代靓长虹。

　　　平水韵:　一东

爱情悲剧颂挚情

《孔雀东南飞》序曲

焦妻投水守忠贤,自缢夫君孔雀联。
玉碎珠沉凝碧靓,山飞海立劲松悬。
织机梭响朱唇美,粉黛窗前皓齿鲜。
五里徘徊心迹舛,悲情佳话世间传。

　　　平水韵：一先

不堪驱使兰芝归

裁衣织素奏铮弦,侍奉公婆百虑煎。
密丽过纱争九万,轻棉抵锦赐三千。
针端夺化纤纤指,手下生寒件件穿。
请遣娘家逃躲避,婆媳矛盾火中燃。

　　　平水韵：一先

焦母蛮狠仲卿懦

哀求下跪乞开贤，恩爱夫妻永并肩。
泪泣菽荛忠孝子，承欢蓼水叛专权。
重元驭句骄横母，读李谣传懦弱员。
怒训仲卿无让步，婆婆愤狠毁姻缘。

平水韵：一先

睹物思人话离别

无声哽咽流心田，蔓草分离赠物牵。
百里辛酸携手远，半生寥落柳磨颠。
言言语语谈南浦，穆穆皇皇造北边。
绣袄香囊遗旧址，红罗绿碧泪包连。

平水韵：一先

蒲苇磐石情相依

贤妻理解永联翩，发誓人生疼爱坚。
黄鹄鸣歌林下凤，鸳鸯宿树惜婵娟。
文成女仕心常伴，词寄夫君小妇牵。
磐硬蒲芦双缴绕，忧伤告退意情绵！

平水韵：一先

伤心欲绝归娘家

娘家遣返愧无缘,慈母交心顺女怜。
瑞雪祥云仁惠聚,和风朗月伴鸾坚。
清纯雨露含花艳,稳固香胶美色鲜。
县令提婚回谢绝,忠于爱恋品行贤。

  平水韵: 一先

心已绝望假允婚

阿兄逼嫁泪涟涟,泣血烦难似火煎。
不易难通滑速淌,如何岂过洰相连。
寄鱼截桶阑干断,叱木成单哽咽绵。
绝望歧途凄惨送,深思考虑死期前。

  平水韵: 一先

太守迎娶极奢华

迎来百辆马车联,束绢三千举彩鸢。
鸾凤和谐催铲砍,羔羊献礼遇凶颠。
沟流碧叶蝉儿闹,魂断蓝桥鹔鸟传。
绣袄裙罗衫玉剪,伤心哭泣泪涟涟。

  平水韵: 一先

生人死别情相逼

事传府吏探妻前,马瘦人哀泣泪牵。
桥是销魂三浸血,亭离送客四疲煎。
寒声笛毁悲伤苦,曲尽人无景不延。
怨恨人间多铁锁,相言执手赴黄泉。

平水韵: 一先

双赴黄泉敢叛逆

天昏独自泪塘边,跃进河流赴水泉。
步武心灰良马泣,枯文池剑玉鱼仙。
魂归遍野高山倒,形灭升空落木悬。
懦弱夫君忠爱恨,彷徨吊挂树梢眠。

平水韵: 一先

合葬化鸟诫世人

山旁合葬柏松连,密树鸳鸯往复穿。
水尽天穷神往处,云飞雪压赤陵边。
双双锦翼栖枝唤,两两珍禽在隙迁。
鸣叫歌声相对唱,后人鉴戒永相传!

平水韵: 一先

《别赋》分离话沧桑

江淹《别赋》离情至

销魂沮丧别离篇,悱恻凄凉忘返迁。
水带悲啼钗五股,山牵怨恨镜三边。
平生潦落阳关曲,万里辛酸古道延。
送客亭旁依恋泪,心惊望路盼安全。

　　平水韵:一先

[本诗荣获第二届"国粹杯"中华诗词(楹联)大赛一等奖]

龙马银鞍富贵别

人间义重远离匆,富贵伤心也共同。
珍宝堆山财力厚,珊瑚列库玉珠隆。
金花四壁呈奇异,绿翠三人粉黛红。
盛宴言谈歌女舞,良辰拜送泪垂空。

　　平水韵:一东

[本诗荣获第二届"国粹杯"中华诗词(楹联)大赛一等奖]

剑客惭恩游侠别

云游侠士报恩鸿,舍己离家刺客匆。
无望生回朋友谊,当宜死任壮心雄。
传闻典范抛妻小,托付仁人显智聪。
守信于天呈血泪,其情倾胆竭精忠。

平水韵: 一东

[本诗荣获第二届"国粹杯"中华诗词(楹联)大赛一等奖]

边郡负羽从军别

从军备守万难回,斗死生离祸乱陪。
六郡良家操戟度,三河壮士握戈摧。
敌王作恶师能克,父子同心战舞台。
受命出疆扬劲旅,奉辞伐罪灭仇颓。

平水韵: 十灰

[本诗荣获第二届"国粹杯"中华诗词(楹联)大赛一等奖]

远山长河绝国别

天涯海角赴他乡,万里相交异路茫。
一己离村南漠地,三人转道北陲疆。
兰亭举酒真诚永,送马吟诗别恨长。
哭诉悲思弯曲处,河流浩荡向前方。

平水韵: 七阳

［本诗荣获第二届"国粹杯"中华诗(楹联)大赛一等奖］

幽闺琴瑟夫妇别

夫君佩晚照晨香,印绶离家想草黄。
烛火生平炊断梦,杯盘笑语鼓盆长。
绸缪义切书房暖,伉俪情深友谊芳。
织锦孤单凄泪掉,回文影壁自心凉。

平水韵: 七阳

［本诗荣获第二届"国粹杯"中华诗词(楹联)大赛一等奖］

驾鹤腾天方外别

求仙羽化恋天行,远避人间景偶迎。
脱略尘门频向钵,皈依法境信虔诚。
龙收古剑吹金唢,鹤识神丹弄玉笙。
奕世离愁能寄想,分开顷刻显孤鸣。

平水韵: 八庚

［本诗荣获第二届"国粹杯"中华诗词(楹联)大赛一等奖］

春情秋思恋人别

鲜花拜月现阶前,鹊唤声传五色笺。
泪浸红绫书信断,魂销碧草影相煎。
山长水复孤灯照,叶落莺啼紫燕眠。
翠减微波愁送远,徘徊骤起惧帆烟。

平水韵: 一先

［本诗荣获第二届"国粹杯"中华诗词(楹联)大赛一等奖］

摹别离情悲共鸣

忧伤著作代思情,怨恨身销断骨惊。
吊影惭魂惆怅泪,含酸感叹泣旁行。
三天五月阳关曲,一世千秋计旅程。
生死撕心难绘写,分离裂肺赋悲鸣。

平水韵: 八庚

［本诗荣获第二届"国粹杯"中华诗词(楹联)大赛一等奖］

《与朱元思书》欣赏

奇山异水蕴独特

风烟俱净色霞妆,荡漾舟船任自狂。
绿印蓝天存碧水,白呈岸树蕴春光。
峰头百丈盈河道,数指千秋咫尺藏。
带地包容柔万里,奇山异景驶汪洋。
　　　　平水韵： 七阳

水静浪动两相宜

游鱼细石水中掀,一望无垠万景轩。
虎眼纹浮波阵起,鸭头骤涨浪花翻。
潮痕一晕舟艇覆,柳色千条翠羽园。
汹涌翻飞疾似马,湍急如箭奔腾喧。
　　　　平水韵： 十三元

层峦叠嶂展奇姿

攀高竞上百相争,泉水叮咚伴鸟声。
北为星精神女峡,南临月姥小姑迎。
名崇五岳丹梯险,傲视三公峭壁惊。
猿叫悲哀穿入耳,蝉鸣柔婉喜闲情。

平水韵: 八庚

窥谷忘返自息心

鸢飞策励越高山,展望雄心努力攀。
破浪乘风千里远,闻鸡起舞四方间。
江头碧草衡阳雁,陇首寒梅北解颜。
日月交辉周复始,森林遁迹乐相关。

平水韵: 十五删

阅《王子坊》感盛衰

皇宗所居王子坊

洛阳附近望名坊,九曲繁花绿树藏。
赏酒游鱼春水美,移鞍解带碧山妆。
晨霞景里麒麟舞,月色光中彩凤翔。
唱榭牵连茶馆处,重楼起雾竞争芳!
　　　　平水韵： 七阳

河间王元琛豪奢

元琛首富赛多方,五色丝绳凿井藏。
压断浮云杨柳异,拓开朗月佩兰香。
芙蓉玳瑁巢青翠,鹳雀鸾凤倚玉梁。
妓艺吹篪能降敌,楼堂如殿罐金黄。
　　　　平水韵： 七阳

名马银槽金锁环

追风赤骥马扬名,枷锁河槽配玉清。
善辩优驾毛卷雪,非疑驾驭汗成精。
蛟鳞虺尾登台坐,凤羽熊身万里程。
画卯雕薪其富有,金龙吐佩显门盈。

　　平水韵：八庚

锦罗珠玑满府库

花瓶酒器紫绫袍,锦绣毛毡饰物骚。
帘动闻声三色玉,月柔照座五金洮。
流光激电投浮水,倒影疏星嵌怒涛。
贵族王侯齐赞赏,扬威炫耀聚奢豪！

　　平水韵：四豪

元融贪心妒生疾

元融醋意恨前因,比富争先更奋身。
手段奸邪行诈术,阴谋巧媚伪柔春。
汤浇雪聚香宫旧,铁嵌银长乐殿新。
腐朽贪婪朝政败,多行不义费劳神。

　　平水韵：十一真

河阴之役元氏歼

河阴战役灭金鞍,府第豪房换骨丹。
重阁三层遗绝爱,隅楼四序祷平安。
珍居宝屋乾坤鼎,广殿长廊日月残。
匾额高悬题醒目,莲房佛寺庙天坛。

　　平水韵：十四寒

王侯第宅成佛寺

河间富丽盛传名,石柱高楼绿草坪。
计算藏金攀显贵,评量碧玉集丰盈。
白银炫耀墙门外,紫帛充填古凤城。
一枕黄粱成美梦,豪坊兴废触心惊！

　　平水韵：八庚

骈文家信放异彩

鲍照登岸与妹书

逆流冷雨夜清寒,浩瀚无边水路难。
去仞千摩星饭饱,仰天万探拓心宽。
岩花着色风云丽,涧曲分痕雁宿滩。
刺骨凝霜秋入脊,凄怜倦客惜孤单。

   平水韵：十四寒

含霞饮景凌跨陇

凭观赞赏陆川同,饮美含霞显绿丛。
万状积山南跨越,千塘浩水北连通。
东瞧五岳争相望,西眺三江听浪泷。
弱草朱蘼飞鸟舞,薄云绚彩罩苍穹。

   平水韵：一东

神居帝郊庐山峰

群雄鼎峙聚云天,美锦雕镌彩雾巅。
万壑绕回维谷满,千峦阻挡骤波渊。
松林磴密连山带,柏树云层冒紫烟。
鸟隐清溪齐合唱,穴窥地脉吐甘泉。

平水韵：一先

奔涛空谷富春江

渊潜鼓怒涌晴坛,百里翻腾灌日寒。
倾土爬坡三巨浪,浮天载地五沙滩。
怀珠献媚含花木,立柱环形举钓竿。
俯听涛声埼岸落,虚惊动魄慰心安。

平水韵：十四寒

繁化殊育水生物

霞光变幻展春妍,水族迎风沐晚烟。
踏浪凌云千线网,昆明刻字万梭穿。
头旋似髻休猜海,掌细如纹雨润田。
遮掩沙滩潮泛躲,自由育化醉心弦。

平水韵：一先

游鸿远吟景有情

夕阳欲送客平安,夜幕将笼困倦难。
匹马孤舟秋日惑,残茶冷酒雨天寒。
挟书万里云相伴,仗剑三年月影单。
野鹤悲鸣常叹息,风吹雷震抵家欢。

　　平水韵: 十四寒

李白豪情感心扉

蜀道之难凋朱颜[①]

蚕鱼古蜀道危言,叠岭重巅困阻烦。
九坂山高盘栈去,千岩帽顶雁飞翻。
子规夜叫明星落,倦鸟悲鸣旭日轩。
潭水激流回转徙,伐矸万壑响惊猿。

平水韵: 十三元

(本诗荣获"诗渊堂杯"中华诗词大赛一等奖,并收入《诗渊堂——首届中华诗词大赛作品集》)

剑阁峥嵘慎守关

青天咫尺最高巅,峻岭峥嵘彩雾缠。
镇守云门关剑阁,莫开栈道让毫笺。
龙眠躲避豺狼进,鹿起提防猛虎穿。
观衅忧愁亲慎度,相时警惕必周旋。

平水韵: 一先

(本诗荣获"诗渊堂杯"中华诗词大赛一等奖,并收入《诗渊堂——首届中华诗词大赛作品集》)

---

① 以下两首为《蜀道难》感怀。

《将进酒》力抒不平[①]

韶光易逝透心凉,手抚容颜叹早殇。
才比三升天水酎,名闻九斗地藏粮。
琴歌自乐追诗赋,解饷相周伴富商。
朝暮流离难复返,金浆玉醴慨而慷!

平水韵: 七阳

(本诗为第四届"诗家天子杯"金奖作品之一,并收入《诗家天子大辞典》)

蔑视权贵酒浇愁

悲伤取乐显轩昂,美酒浇愁慰热肠。
野外倾樽生幻影,海中采树绕回廊。
王呈饮尽茶盅水,景让封侯印泪光。
举步天涯难立业,怀才不遇奈彷徨。

平水韵: 七阳

(本诗为第四届"诗家天子杯"金奖作品之一,并收入《诗家天子大辞典》)

---

① 以下三首为《将进酒》感赋。

深恨政弊空怀梦

寄情恣意放轻狂,日月长愁傲冷霜。
断送前程常景曜,破除万事踏他乡。
瓮头盖帽金貂换,醉里遗言泡沫凉。
追梦抒怀酬壮志,弹抨政弊叹沧桑!

平水韵: 七阳

(本诗为第四届"诗家天子杯"金奖作品之一,并收入《诗家天子大辞典》)

读杜甫《旅夜书怀》

独立天地夜飘零

微风细草暂停船,星月相随带露穿。
泛海浮家如树叶,齐山险壁若青莲。
一橡跳板春芳渡,两面油窗绿水弦。
滚涌急流何处去,征途夜旅远孤缠。

平水韵: 一先

文章扬名仕途茫

声声哀叹受艰难,字字华颠泣泪酸。
投考得官赢纸墨,随师炊断赖诗刊。
居无片瓦书千册,腹似行星韵一坛。
锦绣文章传赞美,职场被贬痛心寒。

平水韵: 十四寒

赏析《庐山草堂记》

白居易修筑草堂

形神秀丽赏巅雄,选址香炉遗爱中。
瀑布飞窗泉脉细,岚烟绕舍稼苗葱。
开门月入庐明亮,雾卷霞归壁映红。
寻遍山峦观美景,草堂建造显尊崇。

平水韵: 一东

(本诗为第十六届"天籁杯"中华诗词大赛金奖作品之一,并收入《天籁之音——第十六届"天籁杯"中华诗词大赛优秀作品集》)

竹帘纻帏草堂雅

称心设置雅风葱,两柱屏窗淡素融。
绿野官闲涂碧色,波澜吏隐醉黄宫。
含芳偃月三贤客,乐寿仁昌九老同。
儒道佛书分几卷,自然志趣爱筠笼。

平水韵: 一东

(本诗为第十六届"天籁杯"中华诗词大赛金奖作品之一,并收入《天籁之音——第十六届"天籁杯"中华诗词大赛优秀作品集》)

物我两忘启心智

清幽环境物悉从,旷野心神智慧浓。
步碧牛云铺瑞草,拔黄鸟羽拥青松。
春风起舞花虫美,晶露飘摇洒雨淙。
低首流泉珠翠举,人疲两忘景相溶。

平水韵: 二冬

(本诗为第十六届"天籁杯"中华诗词大赛金奖作品之一,并收入《天籁之音——第十六届"天籁杯"中华诗词大赛优秀作品集》)

南抵石涧古松杉

石山伴靠绿荫蓬,百木松杉引蔓葱。
韵奏笙簧风逸响,脂凝琥珀靓千融。
七星翠岭凫乌影,孤树名池佩剑功。
云盖烟笼擎日月,花幢雪压撼晴空。

平水韵: 一东

(本诗为第十六届"天籁杯"中华诗词大赛金奖作品之一,并收入《天籁之音——第十六届"天籁杯"中华诗词大赛优秀作品集》)

堂北层崖积石美

高崖嵌块假山崆,遮盖葺花草木丛。
曲涧盆池骑猛虎,石拳翼展聚虬雄。
阴冰夏盛层峦美,炎树冬荣覆簀躬。
绿叶丹青添景色,溪茶湿润更香葱!

平水韵： 一东

(本诗为第十六届"天籁杯"中华诗词大赛金奖作品之一,并收入《天籁之音——第十六届"天籁杯"中华诗词大赛优秀作品集》)

东西瀑泉脉线悬

瀑布台阶落影空,晨昏泻练佩琴融。
星梳涌浪文君降,花锦涵流玉女珑。
筑坝牵萦平道水,穿岩越壑赤泥匆。
西泉纵饮甘甜雨,月露飘云贯日虹。

平水韵： 一东

(本诗为第十六届"天籁杯"中华诗词大赛金奖作品之一,并收入《天籁之音——第十六届"天籁杯"中华诗词大赛优秀作品集》)

愿老此山归自然

喜爱天然瀚海中,山花野卉碧相融。
拨弦鸟唱飘红叶,漫奏松音踏绿丛。
卷雾云归茅舍暖,开门月入墨床躬。
飞泉瀑润经年享,旨趣心情愿老终!

平水韵: 一东

(本诗为第十六届"天籁杯"中华诗词大赛金奖作品之一,并收入《天籁之音——第十六届"天籁杯"中华诗词大赛优秀作品集》)

品读韩愈《调张籍》

笔势纵横赞李杜

喙长手重恶中伤,口正心邪乱斗量。
压倒元神惊梦雨,指挥李杜罪难当!
俗熙楚雁三层曲,举燧灵龟九数忙。
仰慕前贤追日月,劈山治水美誉扬。
　　　　平水韵:七阳

光焰四溢李杜诗

高轩落笔展翱翔,刺手擒鲸洒桂浆。
海宇琼楼青鸟赞,银台紫馆凤彷徨。
八仙有迹黄金殿,十种无常碧玉堂。
风采昭然扬李杜,遨游跨漫路遥茫。
　　　　平水韵:七阳

乘风振奋学先贤

蚍蜉撼树笑荒唐,走笔张公太放狂。
咏物借题心表率,抒怀述事志招璋。
雕金饰壁装华室,立宪成功蕴锦章。
苦想冥思勤创作,诗穷后起喜飞扬!

平水韵: 七阳

读《段太尉逸事状》

柳宗元笔颂太尉

生平逸事耐思量,法制奢豪感愧强。
浴澡功奇天下表,自查雅度域行扬。
诚闻意愿精神好,久敬名言品义庄。
节显高风观礼拜,写真叙述颂贤良。

平水韵：七阳

郭晞纵兵任妄为

士兵放纵虎貂狂,丑恶贪婪谬妄强。
入室冲窗寻酒饱,卧邻侧妇载盐商。
骄横把舵磁盘取,铁锁封门打砸伤。
勒索钱财蛮抢掠,骗坑老幼害忠良。

平水韵：七阳

太尉请任都虞候

顺承重任治朝纲，不忍无端受祸殃。
俯首贴身能胜算，振鞭断树善伸张。
缚牛刃角专攻险，持马牵头计策长。
论理安危防混乱，鸿恩百姓勇担当。

　　　　平水韵：七阳

勇服郭晞治纵逸

从严逮捕势凶狂，治乱公平聚众忙。
观衅先闻争有罪，未言而动救遭殃。
居安兴废行天道，雪耻恩仇免地荒。
解甲营前无惧色，陈词慷慨理宣扬。

　　　　平水韵：七阳

太尉慈仁令谌愧

清除污血显贤良，变卖车骑代抵偿。
力稼维艰田少获，农人有衅岁难藏。
朝疲暮倦锄挖土，春撒秋收遇祸殃。
敦厚慈祥帮百姓，爱民义举万年扬。

　　　　平水韵：七阳

礼栖木梁清而廉

奉廉礼物捆中梁,清正因公志气昂。
棘刺开通悬榻卧,书丛不启坐台妆。
执经问义违名利,希旨先贤守纪纲。
栖木原封成美誉,表彰琐事放光芒。

平水韵:七阳

太尉逸事存史馆

谦恭处世意铿锵,待客开颜应允忙。
谙练云章居下位,前提俊秀勇争光。
图书刊物栖鸾凤,文武全能乐典章。
逸事开诚民翊赞,口碑爱戴颂贤良。

平水韵:七阳

典范之作《秋声赋》

文以载道欧阳修

专心显著赋昂扬,感染横铺话晚芳。
抱道怀真寻酿蜜,敢言肆志遇沧桑。
高谈酷暑当豪竹,静听秋声吐热肠。
宦海沉浮难掌控,人生苦短感悲凉。

平水韵: 七阳

(本诗荣获第五届"诗词世界杯"中华诗词大赛一等奖,并收入《第五届"诗词世界杯"中华诗词大赛精品典藏》)

方夜读书风萧飒

夜观震悚听西墙,骤降狂风雨满岗。
荷动撑扶枝懒散,芦音怨怒晚蝉伥。
蟋鸣树晃催蛙鼓,叶落干长遗响扬。
触物铮铮骑战马,如军号令赴沙场。

平水韵: 七阳

(本诗荣获第五届"诗词世界杯"中华诗词大赛一等奖,并收入《第五届"诗词世界杯"中华诗词大赛精品典藏》)

秋气凛冽老而悲

云飞色暗貌凄凉,寂静川流怒号长。
水墨霞烟千景远,丹青奕叶万株苍。
安眠海獭花凋谢,露宿莎鸡雨肆狂。
造物呈黄成耄耋,秋声触动咏天殇。

平水韵: 七阳

(本诗荣获第五届"诗词世界杯"中华诗词大赛一等奖,并收入《第五届"诗词世界杯"中华诗词大赛精品典藏》)

万物盛衰循规律

凋零草木写寥伤,百舸争流泪湿裳。
耿耿银河金掌润,疏疏列宿玉绳长。
染缸有限愁秋劲,宝鼎无烟怯雨狂。
异彩难求呕沥血,奇谋量力受寒霜。

平水韵: 七阳

(本诗荣获第五届"诗词世界杯"中华诗词大赛一等奖,并收入《第五届"诗词世界杯"中华诗词大赛精品典藏》)

人非金石勿争荣

沉思苦想叹秋凉,处境悲哀诉断肠。
雪树无蝉观僻静,冰溪有蟹屡猖狂。
扶疏绿竹苔淋露,落寞红梅彩肃霜。
引水收藏残雨骤,山梁骨垄显凄荒。

平水韵:七阳

(本诗荣获第五届"诗词世界杯"中华诗词大赛一等奖,并收入《第五届"诗词世界杯"中华诗词大赛精品典藏》)

悲秋留下千古赋

近邻童子梦他乡,屋角虫声响应忙。
雪涌芦花安暖阁,霞翻片叶慰衷肠。
江风鹤唳孤灯闪,野月蝉鸣夜送凉。
一唱三叹千古赋,悲秋感慨万年长。

平水韵:七阳

(本诗荣获第五届"诗词世界杯"中华诗词大赛一等奖,并收入《第五届"诗词世界杯"中华诗词大赛精品典藏》)

《墨池记》里印勤奋

曾巩作记赞墨池

池遗墨迹颂羲贤,仰慕精勤万里宣。
绣虎雕龙留妙语,腾蛟起凤寄红笺。
安书静砚开云雾,永记名言饮露鲜。
曾巩散文流久远,卒章显志古今编。

　　平水韵：一先

(本诗收入《中国当代诗词作家》)

王羲之学书染墨

新城洗墨故乡篇,水色慈乌诉苦怜。
玉润金生皆古篆,冰消泉涌动今仙。
云间孤鹤铺长卷,海上双剁赐彩笺。
大小舒张疏密巧,情深笔短可通天。

　　平水韵：一先

(本诗收入《中国当代诗词作家》)

仁人遗风励来者

池旁校舍勉其坚,爱善公推敬慕贤。
笔势砚城千朵彩,纸田墨稼百钧连。
卓然秀丽藏锥美,焕若神明舞剑巅。
错落鱼文今励志,纵横鸟迹古高延!

平水韵:一先

(本诗收入《中国当代诗词作家》)

赏名作《岳阳楼记》

范公撰记岳阳楼

子京贬守岳阳城,百废精修景象明。
治乱绳拴违者惧,狡阴马驾远征行。
三贤庆改危阑美,九政功归画栋清。
望海范公留史著,临湖作记颂楼盈。

平水韵: 八庚

(本诗为第三届"状元杯"诗状元金奖作品之一,并收入《中华诗词全集》)

览景物朝晖夕阴

群山吞吐水苍穹,早粲光阴变数穷。
波撼岳阳千里润,云蒸幻梦百川同。
群帆雨地高坡泻,一阵风天浪击空。
巫北峡深衰落者,湘南墨客荡心中。

平水韵: 一东

(本诗为第三届"状元杯"诗状元金奖作品之一,并收入《中华诗词全集》)

日星隐耀感极悲

阴风震怒水嚣张,捣毁帆樯浪送凉。
电匪千条银练变,雷收万缕紫金光。
山河塔影难寻觅,玉宇仓基骤起狂。
惧诽谗言遭遣贬,猿啼虎噪伴忧伤。

平水韵: 七阳

(本诗为第三届"状元杯"诗状元金奖作品之一,并收入《中华诗词全集》)

春和景明乐之极

条条锦鲤跃游鲜,狲狲沙鸥野岸眠。
万绿生春迎浴日,千红展态卷浮烟。
肥鲈脍玉悠然笑,皓月骄阳静影迁。
忍辱官场都淡忘,胸怀敞亮乐联翩。

平水韵: 一先

(本诗为第三届"状元杯"诗状元金奖作品之一,并收入《中华诗词全集》)

忧乐天下而后己

祥和万众喜悲同,抚慰黎民秉政雄。
润物平川传碧海,悬高日月利农工。
思刘敬杜忠心献,借寇惩威倍至公。
礼拜忧其忧勉励,恭尝乐尔乐情衷。

平水韵: 一东

(本诗为第三届"状元杯"诗状元金奖作品之一,并收入《中华诗词全集》)

东南形胜咏美景

话尽杭州《望海潮》

柳词绝美誉传声,望海投情起口争。
扬子雕虫书合璧,恭王赠马唱旗惊。
红衣笔墨精神好,碧彩苍颜旷野清。
都市杭州风景丽,东南胜地聚名城。

平水韵: 八庚

户盈罗绮竞豪奢

如烟柳树舞霓裳,湖涨飞花卷雪扬。
猛济雄浑波万顷,黄河素雅耀千光。
水流百变呈青浪,峰染三层碧绿长。
喜看香菱莲藕聚,弹弦鼓乐奏铿锵。

平水韵: 七阳

十里荷花赏烟霞

城中桂树溢芬芳,湖里荷花靓锦裳。
水墨生风娇欲雨,银塘叶满暗闻香。
杨妃出浴姿容艳,西子临溪玉面光。
隐碧鱼鳞金外露,星辰倒影淡浓妆。

平水韵:七阳

千年芬芳燎沉香

周邦彦词丽精工

沉香闪烁尽寒潮,鸟雀欢呼笑语聊。
百氏歌台红带饰,王家酒榭紫金娇。
浑身杏雨偎风过,一嘴甘芹掠水挑。
拂晓屋檐传燕醒,天晴喜乐赏花妖!

平水韵: 二萧

清水芙蓉去雕饰

晨风雨露润荷娇,圆正清新景致韶。
脂粉调匀争冷艳,京城绿遍赛姿娆。
杨妃欲罢回春色,西子愁来舞夏朝。
映日轻舟游碧水,芙蓉玉蕊醉琼瑶。

平水韵: 二萧

小楫轻舟故乡梦

梦中泛泛返乡迢,客落寥寥故地遥。
暮树春云遗马远,清风朗月驻骖招。
樽空北海三秋想,宴会龙门百里挑。
疏密荷花高雅举,初阳宿雨恋家骄。

平水韵：二萧

天地寰宇《正气歌》

留取丹心文天祥

忠君爱国志如钢,正气歌声万古扬。
草木知名题北郡,雷霆震怒令寻阳。
来人请示原天使,下马搜罗蒋铁枪。
被捕牢房留笔墨,吟诗世代永流芳!

　　平水韵： 七阳

(本诗荣获"开国大典·颂诗 70 华诞"贡献奖,并为"共和国骄子"作品之一)

孱弱俯仰囚土室

幽蹲土屋暗尘茫,怪味污泥雨水狂。
入五服刑争执法,关三笔墨画存亡。
金庸笼鸟誉名重,石室监猿傲骨香。
秽臭环连能慎守,凛然正气展阳刚。

　　平水韵： 七阳

(本诗荣获"开国大典·颂诗 70 华诞"贡献奖,并为"共和国骄子"作品之一)

天地正气垂丹青

晴川日月有其昌,爽气盈然地域长。
敢拜飞觥躬庙宇,未尝至室望山岗。
轩昂持正平东海,进谒清廉震北阳。
国运神明形象好,艰危顷刻显丹光。

平水韵: 七阳

(本诗荣获"开国大典·颂诗70华诞"贡献奖,并为"共和国骄子"作品之一)

视死如归壮烈志

捐躯铸鼎是英雄,静谧牢房彩凤同。
五听陈情评错综,三堂例法缚骄翁。
犀牛窟穴坚心志,猛虎云山降壑丛。
富贵功名如粪土,令人感叹贯长空。

平水韵: 一东

(本诗荣获"开国大典·颂诗70华诞"贡献奖,并为"共和国骄子"作品之一)

历举典故忠贞士

可歌饮泣修业雄,气势磅礴日月融。
盖世丹心苏武节,忧民正义董孤衷。
睢阳碎齿常山碧,祖逖飞船孔帅忠。
列举群英存万古,真情浩荡照苍穹!

平水韵: 一东

(本诗荣获"开国大典·颂诗70华诞"贡献奖,并为"共和国骄子"作品之一)

千古不灭浩然气

忠臣烈举永尊恭,古道风檐似赤松。
孤往独归人踏海,长遗不顾众随踪。
蒯君断臂横流血,卫演伤肝怒色浓。
耿耿丹心天地鉴,凌凌正气唱从容。

平水韵: 二冬

(本诗荣获"开国大典·颂诗70华诞"贡献奖,并为"共和国骄子"作品之一)

远塞别书白雪歌

奇寒雪景客留情,将帅边疆百步行。
片刻飞絮毛散地,婆娑舞薄粉尘精。
三千画界添冬色,十二琼楼挂水晶。
惨淡愁云辞远去,东门健马驶归程。

平水韵: 八庚

(本诗荣获第十五届"天籁杯"中华诗词大赛金奖,并收入《天籁之音——第十五届"天籁杯"中华诗词大赛优秀作品集》)

济世神医《华佗传》

西晋陈寿赞华佗

医术扬名尽效忠,济贫治病建奇功。
杯中蛇影伴装怕,床下虫声伪诈匆。
辗转伏巾除玉箭,盘行斩疠去庖空。
灸针熬药如麻散,剖腹膏摩隐恶攻。

平水韵: 一东

药到病除医道殊

隐痛高烧拯救翁,疗方各治竟无终。
人穷水尽怨拼命,雪压云穿古柏隆。
历日无多川阅海,春风漫步陆飘空。
塞喉病重求医圣,药吐蛇虫敬奉崇。

平水韵: 一东

华佗技绝反遭害

医技英明累万恭,随曹伴虎恃人凶。
清宁众客违君暴,可为长兄疗友从。
碎玉桂冠遭不测,下车策马断跟踪。
期迟咎戾牢房捕,焚火神书愤恨胸。

平水韵: 二冬

师徒世传五禽戏

师训良言济世通,五禽戏动众歌功。
折蒲代纸川扬水,映月当灯海望空。
位处人臣图报答,名闻天下诵苍穹。
精研疗灸行医术,百姓流传义士雄。

平水韵: 一东

传诵不衰《登楼赋》

王粲登楼思归情

劲旅登楼望四方，倚临沮水客他乡。
峰横鸟道兰台远，蜷曲羊肠赤壁荒。
犬咬竹篱添暗寓，鹤随海岸写忧伤。
果瓜覆盖花铺地，异处闲居失意傍。

   平水韵：七阳

（本诗为第四届"诗家天子杯"金奖作品之一，并收入《诗家天子大辞典》）

遭纷浊迁徙之痛

乱世迁移异路茫，高峰遮蔽落逃荒。
因山觉晚逶迤隔，为水疑迟惧恐惶。
痛彻家门陪月暗，思牵肠肚数星凉。
襟怀放目胸中虑，成败情多恋故乡。

   平水韵：七阳

（本诗为第四届"诗家天子杯"金奖作品之一，并收入《诗家天子大辞典》）

伤时忧怀才不遇

国破难熬日月光,漂流四处度凄凉。
三旬北战凶残取,六载东征苦旅忙。
燃叶兵书蓬帐宿,高粱酿酒自家藏。
徘徊漫步年哀叹,悲痛怀才不遇伤。

平水韵: 七阳

(本诗为第四届"诗家天子杯"金奖作品之一,并收入《诗家天子大辞典》)

茅屋破歌盼广厦

风破茅屋悲歌吟

震怒秋风破草房,穷凶夜雨骤猖狂。
地无立足茅庐毁,室有悬橐棘刺惶。
匣诉钱空徒面壁,床嗟被尽转愁肠。
枝长倒挂飘林茂,短叶浮沉落水塘。

   平水韵:七阳

(本诗收入《百年诗词精选》第五卷)

群童盗草无奈何

戏谑顽童掳草忙,可怜硬汉苦彷徨。
折蒲化纸茅房破,映月挑灯落叶黄。
划雪相迎何举火,怀书自勉不慌张。
追偷困助归来泣,倚杖悲鸣感叹伤!

   平水韵:七阳

(本诗收入《百年诗词精选》第五卷)

布衾似铁夜难眠

彻夜黏糊漏水狂,粗衾冷铁透身凉。
蟏蛸在户苔侵础,雀燕辞巢杼砌墙。
鸥物悲伤花自落,虬须惨烈草争芳。
娇儿困睡床涔雨,破裂茅房受祸殃。

　　　平水韵: 七阳

(本诗收入《百年诗词精选》第五卷)

安得广厦庇寒士

屋漏栖身远虑长,胸怀志士蕴心凉。
仰天苦叹寒流水,卖地哀伤背井乡。
破壁屏营云入度,负墙野火雨疏狂。
祈求大厦千间盖,庇佑书生永世昌!

　　　平水韵: 七阳

(本诗收入《百年诗词精选》第五卷)

人生百态

盛世社会颂党恩

缅怀毛主席诞辰 125 周年感赋

情起三湘汇大川,千秋勋业党恩前。
文韬惊世创新政,武略雄才举巨鞭。
拯救黎民宏伟志,绘描锦绣艳阳天。
鞠躬尽瘁忠心献,华夏新兴灭战烟。

平水韵: 一先

(本诗荣获"开国大典·颂诗 70 华诞"贡献奖,并为"共和国骄子"作品之一)

纪念毛主席诞辰 126 周年

砥砺图强又一年,山河日月撼轩贤。
渔歌唱晚神州美,碧海扬波巨浪牵。
铁甲千乘彰国力,银鹰万架保家全。
伟人引路功劳颂,华夏龙腾谱壮篇!

平水韵: 一先

(本诗荣获"开国大典·颂诗 70 华诞"贡献奖,并为"共和国骄子"作品之一)

毛 公 颂

巍巍偶像立当空,穆穆追思统帅功。
浪骇长河知砥柱,涛惊四海起英雄。
惠民从政施良策,立党因公布彩虹。
历数辉煌今未忘,讴歌伟业映天红。

　　　　平水韵: 一东

(本诗荣获"开国大典·颂诗70华诞"贡献奖,并为"共和国骄子"作品之一)

悼念周总理

长街数里送周公,痛泣神州热泪融。
政事殚精传世远,民生顾虑普天崇。
遨游四海中东雨,佐领三军华夏风。
情洒炎黄光宇奠,魂归平地誉苍穹。

　　　　平水韵: 一东

[本诗为"百年诗词(楹联)艺术"金奖作品之一]

贺国庆 70 周年

弘扬正义党心忠,画卷峥嵘映彩虹。
亿万人民齐奋进,百年丝路显神通。
英才一代胸襟阔,伟业千秋计划雄。
打铁当需身自硬,共同富裕志从公。

平水韵: 一东

(本诗荣获"开国大典·颂诗 70 华诞"贡献奖,并为"共和国骄子"作品之一)

纪念南京解放 70 周年

春满南京喜庆融,金陵福祉记心中。
钟山大地呈新景,故土平川展丽红。
诗赋多情能励志,文章有骨必怀公。
云鹏万里凭驰骋,昂首全民气势雄。

平水韵: 一东

(本诗荣获"开国大典·颂诗 70 华诞"贡献奖,并为"共和国骄子"作品之一)

祖国华诞吟

晴空舞彩鼓声喧,举国欢腾寿诞轩。
贺喜奇葩添锦绣,丰收异果竞争言。
云凝玉翠撑天起,日照嫣红辟复原。
虎步龙图征旅远,兵精剑亮捍田园。

平水韵: 十三元

(本诗荣获"开国大典·颂诗70华诞"贡献奖,并为"共和国骄子"作品之一)

欢庆港珠澳大桥通车

彼岸遥情万里涛,飞波耀美浪花高。
长虹饮涧神通道,吐月慈云化水滔。
漓水雄观凭巧匠,珠江艳景靠矜豪。
宽宏壮丽浮河面,港澳三连更弄骚。

平水韵: 四豪

国 泰 民 安

九万鹏遥向远程,神州大业展鸿声。
民欢国泰安基稳,地喜春鲜暖雨横。
社会和谐家盛旺,黉园书朗旭阳明。
振兴华夏新形象,史耀殊勋享太平。

平水韵: 八庚

夸鹦鹉洲长江大桥

举首云端万里桥,欣逢盛世喜纷飘。
螭龙灞水河中渡,铁马卢沟稳步骄。
织女迎红霞跨越,牛郎盼鸟鹊同聊。
人群两岸开颜贺,鹦鹉飞波聚部朝。

平水韵: 二萧

贺八一建军节

军容勇武气轩昂,反暴维和稳守疆。
抗震救灾功赫赫,防洪抢险响当当。
清除分裂神威显,拥护欢谐斗志强。
报国精忠谁可比,止戈理念振炎黄。

平水韵: 七阳

三八国际劳动妇女节感赋

春风和畅百花红,女性清佳世界隆。
妇女翻身权至上,齐工劳动利相同。
家尊鼎盛千行喜,人尚真诚万事通。
巾帼英贤人赞美,民安国泰乐相融。

　　　平水韵: 一东

[本诗载《诗与远方》2018年第1期(总第1期)]

中国历代妇女英模吟

飒爽丰姿忆玉红,楷模历代誉声同。
文姬异域词章秀,清照闺词韵律工。
替父从军花事美,穆营挂帅桂英功。
天生伟大胡兰壮,秋瑾香魂万古雄。

　　　平水韵: 一东

[本诗载《诗词之友》2018年第2期(总第91期)]

纪念雷锋同志

青春永葆誉乾坤,湘楚奇男铁骨轩。
无我心歌扬锐气,先民岁月展英魂。
沧桑往古人间事,正道来今世态存。
最忆烛红遗友爱,长随后辈谱深恩。

平水韵: 十三元

利 剑 高 悬

利剑高悬举措行,随巡听视火金睛。
公安纪检权威大,统一规格任更明。
震慑纲常神圣器,倡廉反腐胆寒惊。
党风建设追查制,大国欢呼德政清。

平水韵: 八庚

观党群下乡宣传十九大图

扶贫取暖送忠言,时事宣传重任源。
笑脸逐开聊百事,柴薪点旺尚存温。
人人懂礼家声旺,户户知贤笑语喧。
贯彻执行雷厉快,春风浩荡党恩轩。

平水韵: 十三元

观中华诗词大赛之感想

善诗能赋睿聪娃,屡克攀登峭壁嘉。
桂鼎欣欢能负重,荣光喜焕靓琼花。
涉江弄海登擂赛,映雪萤囊炫彩霞。
德艺双馨任重远,诚期佩剑早当家。

平水韵: 六麻

(本诗荣获第五届"诗词世界杯"大赛一等奖,并收入《第五届"诗词世界杯"中华诗词大赛精品典藏》)

观中华诗词大赛再感叹

能言善辩众娇娃,展现才华比险差。
壮志豪情承祖艺,伶牙俐齿吐琼花。
天南海北京都会,幕后台前绕紫霞。
万世文明龙凤地,神州处处有诗家。

平水韵: 六麻

(本诗荣获第五届"诗词世界杯"大赛一等奖,并收入《第五届"诗词世界杯"中华诗词大赛精品典藏》)

贺复旦老年大学第四次师资培训课圆满成功

师资培训喜逢春,迥异相融博大伸。
姹紫集光评妙语,凤凰展翅赋诗真。
娇桐舒叶繁花靓,朗月描红艳丽神。
感谢尊师掏肺腑,卓知灼见耳盈新!

　　平水韵: 十一真

贺上海书香站成立(冠名诗)

贺晚晴白玉绽红,上黉学艺懂谦忠。
海航帆远行程顺,书入毫端笔墨融。
香洒诗词联曲赋,站根浦土画霓虹。
成功雨露滋桑榆,立足精高壮志雄!

　　平水韵: 一东

再贺上海书香站成立

华夏讴歌壮举同,而今迈步画图红。
明珠上海云帆美,武汉申城古韵通。
四季轮回乘浩浩,三千跨越日融融。
征程万里前途好,黄浦高吟赋曲雄!

　　　　平水韵: 一东

(本诗荣获第五届"诗词世界杯"大赛一等奖,并收入《第五届"诗词世界杯"中华诗词大赛精品典藏》)

辞旧迎新年

韶光随斗又春争,韵味填词拾趣情。
旧事千微思绪远,新歌百曲奏琴明。
黄坡低谷吟诗满,流水高山和唱成。
鸡获丰收依恋别,犬登报喜贺恭迎。

　　　　平水韵: 八庚

闻上海建知青广场

回顾知青赴异乡,思情幕幕映心房。
昼樵夜笔凌云志,夏垦春栽辟野荒。
陇首寒梅无显耀,江头小草有宣扬。
年轻汗水耕田地,勉励人生迈正匡。

　　平水韵: 七阳

凤凰村采风行

畅饮春泉沐艳阳,莺鸣峻岭凤求凰。
云飘沃野田园美,雨洒藩篱屋卉香。
喜伴山乡诗社稷,欣聊民众咏安康。
暖风吟唱人文盛,赋苑勤栽五谷秧。

　　平水韵: 七阳

学 雷 锋

顶天立地颂英雄,助困帮民百事通。
尘世喧嚣能净化,闻名轰动受尊崇。
追求简朴魂高尚,淡泊盈虚品慧中。
铁骨铮铮真善美,豪情壮志贯长虹。

　　平水韵: 一东

中华人民共和国成立70周年感赋

七秩神州唱九秋,家邦富裕展回眸。
日臻快乐迎三喜,岁送平安列四周。
万事循纲能硕果,千行立品定排忧。
丝绸路带全球网,火箭金星耀众酬。

　　平水韵: 十一尤

(本诗荣获第十六届"天籁杯"中华诗词大赛金奖,并收入《天籁之音——第十六届"天籁杯"中华诗词大赛优秀作品集》)

欢呼建党98周年

指点江山舞彩旋,推翻帝制换新天。
炮声震日雄师起,剑气凌霄虎帅坚。
号角筹边三喜报,钢枪克险九攻悬。
毛公挥手乾坤改,铁斧银镰掌政权。

　　　平水韵：一先

(本诗荣获第十六届"天籁杯"中华诗词大赛金奖,并收入《天籁之音——第十六届"天籁杯"中华诗词大赛优秀作品集》)

喜贺中国共产党98岁生日

中华飒爽跃腾新,处处时时万象亲。
衡治供需呈动力,攀登峭壁夺峰尘。
宇航玉女高端俊,航母军魂碧海银。
制度清明优势屹,民心笃定靓阳春。

　　　平水韵：十一真

又新年感赋

岁月如歌一曲终，诗词润笔伴清风。
江南木屑冬梅艳，汉殿花灯柏叶丛。
位正元阳殷富贵，气和瑞日赛飞鸿。
缘依夕照辉煌铸，儒雅音谐蘸墨崇！

　　　平水韵：一东

庆贺《诗词之友》创刊 20 年

国粹诗词聚众贤，砚池墨卷润良缘。
初心华夏甘霖露，使命乾坤锦绣篇。
妙语清新同奏曲，娇音俊逸广传笺。
百期文化云旗举，再创辉煌誉满天。

　　　平水韵：一先

［本诗载《诗词之友》2019 年第 4 期（总第 99 期）］

纪念中国人民解放军建军 92 周年

井冈壮举映天红,虎胆重围汗马功。
弹雨枪林冲困阻,雪山草地振威风。
铿锵女子豪情美,热血男儿展翅雄。
驱日封奸寇伪蒋,维和守土献心忠。

  平水韵: 一东

(本诗荣获第十六届"天籁杯"中华诗词大赛金奖,并收入《天籁之音——第十六届"天籁杯"中华诗词大赛优秀作品集》)

食品添加规范吟

冷添剂量有新编,美赞殊佳改善绵。
五料加工该把握,三仪得体减增牵。
含香合味防酸败,着色成型保活鲜。
禁止奸商掺劣假,物资食品控移迁。

  平水韵: 一先

也说舌尖上的中国

丹灶流珠待各方,
荆台炊作自亲尝。
味盈一里鱼虾嫩,
量足三匙稻米香。
鲜胜莼羹烹野菜,
甜如龙液饮琼浆。
轻含玉露添酸辣,
美食逍遥岁月长。

平水韵:七阳

打 黑 除 恶

浩荡廉风震广寰,千秋大业国人艰。
雄心贯日舒才气,斧剑无情向酷顽。
肃整贪官华夏稳,深查蝇虎众封关。
治安法定柔和涌,建设神州富丽山。

平水韵: 十五删

勘 探 之 旅

勘探千寻地壳中,帆篷万里立苍穹。
风尘滚滚人烟少,碧海茫茫志气雄。
饮露清晨邻月近,餐风子夜伴机隆。
天南转北铭征旅,喜赋油龙靓彩虹。

平水韵: 一东

(本诗收入《中国当代诗词作家》)

钻井工人钢铁汉

搅拌飞扬灌铁沙，巍峨井架耸云霞。
钢钻撬动沉酣土，宝藏翻腾褐浪花。
战靠雄心悬赤胆，功垂史册誉天涯。
中华复兴原油献，不改初衷举世夸。

平水韵：六麻

（本诗收入《中国当代诗词作家》）

帐 篷 安 家

民间锅体乐当房，九叶行舟驾远航。
褐色钢条圆盖顶，白帆布幔砌围墙。
双槐树茂通天际，五柳林旁系铁缰。
嘉孔隔窗灵动美，家人入室喜眉扬。

平水韵：七阳

（本诗收入《中国当代诗词作家》）

赞赴疆会战石油勇士

辗转奔波向远疆，誓师会战鼓铿锵。
儿辞父母三更望，夫念妻孩百夜长。
卷浪风沙前漠冷，凝冰谷岭后山凉。
原油开采多艰苦，为党忠贞赋锦章。

  平水韵：七阳

（本诗收入《中国当代诗词作家》）

采油女工竞风采

尖尖指不惧池沤，细细腰撑起采油。
化验探寻求拓展，辛劳奉献喜丰收。
金杯勇捧年华逝，赞誉豪情粉黛留。
靓女群飞勤创业，奇功史册写春秋。

  平水韵：十一尤

（本诗收入《中国诗词年选(2017)》）

重阳节思油田故友

茱萸插遍又重阳,邑里东篱菊染黄。
酒热蟹肥传笑语,花妍桂馥溢芳香。
遥思故友心真切,远望高山雾渺茫。
无限相连情义广,同怀旧地赋声长。

　　　　平水韵：七阳

（本诗收入《中国诗词年选(2017)》）

中华新时代

平章百姓蕴氤轩,协调邻邦振禹魂。
事简民安兴大业,政清吏肃布甘言。
宽严并济知先圣,法令滋彰景象喧。
闪耀芬芳鲜硕果,凯歌唱彻众乡村。

　　　　平水韵：十三元

复旦师资培训课《坚定文化自信》感悟

其 一

人文国学古今扬,双慧苍生教有方。
仁爱忠诚民赞颂,归真返璞道滋长。
春秋四圣精魂美,希腊三神日月光。
孔孟庄孙韩法墨,中华诸子百家强。

　　　　平水韵：七阳

其 二

改修秩序顺时章,自信中华转化强。
地域辽宽民富裕,山河壮丽物财昌。
扶贫济困誉传远,革故维新业著长。
大道食衣行至简,天人合一品昭彰。

　　　　平水韵：七阳

庆贺祖国 70 周年

莺歌燕舞绽琼花，雨润神州夸百嘉。
旗耀七旬扬气势，功垂万代放光华。
乾坤再造虽含险，事业重开亦有涯。
致富繁荣勤善政，文韬武略世人夸。

　　　平水韵：六麻

观人民海军 70 周年

秀丽风光亮海前，神兵畅演湛澄鲜。
劈波斩浪硝烟靖，驱舰巡疆鼓角传。
铁旅出奇惩入寇，雄军制胜展当年。
复兴伟大豪强梦，镇守汪洋志更坚。

　　　平水韵：一先

观阅兵有感

阵容偃月势铿锵，浩荡横云震四方。
守土成金红日灿，盘坚锐火碧天长。
骑南步北腾龙舞，护后扶前跃虎强。
亮剑雄姿澄玉宇，航空铁甲保周详。

　　　平水韵：七阳

抗　　疫

精诚贡献感云霞,大爱无疆华夏家。
履正奉公援武汉,舍身卫国不遮瑕。
救民赴险攻顽疾,济世悬壶克病渣。
消灭瘟神齐奋战,凯歌一曲响天涯!

平水韵: 六麻

春　　归　　去

晴烘柳眼采新茶,暖逼花香透碧纱。
风雨随归依茂树,池塘觉静惜春葩。
笋尖露角迎晨雾,麦秀摇须送晚霞。
黄鹤高飞披锦绣,龟蛇昂首傲中华!

平水韵: 六麻

同 舟 共 济

风雨同舟赞颂扬,天涯咫尺意通航。
封城设卡驱邪恶,施赈苍生济脊梁。
将士出征强国粹,白衣入鄂志高昂。
霾消雾散除瘟虐,永鼎红旗慨当慷!

平水韵: 七阳

庚 子 劫

心间惦念楚江惆，痛恨凶魔病疫囚。
速斩瘟神驱大海，扫平恶鬼弃污流。
勇骑铁驶千军动，吹号声摇万户瓯。
壮美山川披锦色，春回日丽照无愁！
　　　平水韵：十一尤

战 胜 瘟 疫

世人都为楚江忧，战斗瘟虫意志遒。
冷看病魔伤庶命，清除疫毒净神州。
复工复产千秋业，歌德歌功万地讴。
夺取全民新胜利，风和日丽满金瓯。
　　　平水韵：十一尤

寄情寓景咏山水

春

桃红探面荡春情,柳绿怀馨嫩叶成。
月动神游迎暖日,风消映雪断寒晶。
庭兰已溢芳香涌,涧水犹长草木盈。
百鸟声啼新雨紧,花重影闪翠泉清。

  平水韵：八庚

(本诗为第三届"状元杯"诗状元金奖作品之一,并收入《中华诗词全集》)

夏

浮云酷日玉荷鲜,翠柳舒扬倒影翩。
茂树连阴消热浪,长风退暑听金蝉。
蛙翻藕叶鱼虾戏,燕掠桐花鸟雀旋。
绿竹萧墙迎皓月,芙蓉盛夏晚凉天。

  平水韵：一先

(本诗为第三届"状元杯"诗状元金奖作品之一,并收入《中华诗词全集》)

秋

荷疏玉露满池塘,菊散风清欲送凉。
后引微波芦荻绿,前观落叶桂飘香。
江涵雁影鸣蝉闪,树卷秋声化鹤翔。
酷暑催收莲报谢,烟寒渐至带凝霜。

平水韵: 七阳

(本诗为第三届"状元杯"诗状元金奖作品之一,并收入《中华诗词全集》)

冬

天鹅鸟羽四围飘,栈道山原景更娇。
冷月严霜呈异景,雪花冰柱牧声消。
寻诗大野舒心眼,化纸长天藏赋谣。
最喜冰凌连峻岭,寒梅岸柳素如雕。

平水韵: 二萧

(本诗为第三届"状元杯"诗状元金奖作品之一,并收入《中华诗词全集》)

参观开封府

高悬宝镜掌规章,主管平衡震远方。
理有驰松书苦竹,情存突变网铺张。
三声听狱惊心肺,五次开庭立正匡。
卧虎令人尊肃穆,藏龙武举展朝纲。

平水韵: 七阳

欣赏《清明上河图》中景

珊珊碧九曲交融,瑟瑟溪三陌汇同。
锦绣城云流彩丽,繁华土阵叠檐丛。
辽金汴水多方涌,北宋皇州四季隆。
美色清明图世代,遥情万里架飞虹。

平水韵: 一东

参观少林寺

绿树深宫靓宝山,云端桂宇降神纶。
钟留倒影香成雨,塔透骄阳福有攀。
百室安禅临浅壑,金河证果隐泉湾。
天边涌碧莲花界,地满灵芝贝叶寰。

平水韵: 十五删

有感钟祥明显陵

明朝古墓显钟祥,冠冢沧桑孝赞扬。
午夜宫眠寻正位,良宵宅内唱荒唐。
台青柏树尊占座,血碧麒麟父久长。
路掩蓬蒿传百世,家风继后放韶光。

平水韵：七阳

(本诗荣获第十五届"天籁杯"中华诗词大赛金奖,并收入《天籁之音——第十五届"天籁杯"中华诗词大赛优秀作品集》)

赏 樱 花

樱花万朵靓奇妍,赤粉娇柔绿树牵。
游客如潮观艳丽,珍珠赞语暖心弦。
浩繁雨洒云霞美,嫩蕊攀枝舞蹁跹。
葱翠玲珑清秀媚,含苞绽放醉春嫣。

平水韵：一先

(本诗收入《百年诗词精选》第四卷)

雪 中 梅

绿叶相扶傲骨真,冬霜点缀景添新。
晨沾玉露含娇美,暮藏花容弄影珍。
丽态偏寻寒冽品,幽姿不羡苦争春。
繁华冷僻都清净,色艳飘香独善身。

平水韵: 十一真

[本诗荣获"国粹杯"中华诗词(楹联)大赛一等奖]

雪 地 冰 帘

万里冰花降翠莲,寒凝雪雾化青毡。
缘逢邂逅存心坎,仙境晶莹贺兆年。
犬吠人勤欣喜令,备牛耕地暖肥田。
舞姿曼妙芳春早,素雅新词赋淡烟。

平水韵: 一先

(本诗收入《百年诗词精选》第四卷)

赏雪长安得盛峰

奇峰冰裹傲冬艰,蜡像银蛇妙舞山。
系马栖鸾凌险势,藏龙卧虎暗香颜。
谷幽韵雅留文萃,雪凛霜严破浪顽。
墨客骚人吟远迈,乘风谈笑凯歌还。

平水韵: 十五删

月食之奇观

天空夜象靓奇观,小溢呈红暗血滩。
幽景凄凄云卷满,天边渺渺月摧残。
辉煌大殿游移毁,妩媚嫦娥刺痛丹。
圆缺阴晴循定律,苍穹变幻寓多端。

平水韵: 十四寒

江畔静思

临江独艇钓鱼翁,霞彩波涛树影葱。
涌荡闲情迎翠柳,眸随碧浪映苍穹。
晴空似洗飞群雁,绿岭如兰傲塞鸿。
唱赋丹青闻鸟语,置身美妙画图中。

平水韵: 一东

忆三峡诗会

盈盈水挤坝吟旋,熠熠银光岁月捐。
帆竞相连波浪涌,轮航紧驶号声穿。
迎风美景花园地,翘首彤云梦柳天。
对影田车情满处,诗翁赋韵永争前。

   平水韵：一先

观花灯缤纷

龙舞腾云靓彩虹,绣球抛洒落花丛。
灯笼光绚枝条绿,布伞香莲杏树红。
玛瑙晶莹镶合璧,珊瑚出水映玲珑。
雄师健影翻筋斗,玉兔殷勤庆贺同。

   平水韵：一东

初 春 赋

燕语南天草木萋,莺啼婉转水盈溪。
千山暖雨风摇翠,万里新阳景吐霓。
步步春花红杏树,行行嫩叶绿桃梨。
含苞待放凝晖醉,蘸墨融情赋画迷。

   平水韵：八齐

己亥吟春

浮樽宿岁贺年声,烛卷花红酒暖情。
祈谷农人求百顺,祭诗才子挤三名。
闻鸡起舞勤晨阅,橡笔常耕喜晚晴。
春透隆冬迎绿叶,香飘纸墨笛音鸣。

平水韵:八庚

七夕银河吟

银河百闪夜寒侵,素练千重万籁音。
织女含愁离悔恨,牛郎震撼奏孤吟。
微云喜鹊桥连岸,皓月神明合两心。
对影恒星盘古亮,情浓绝唱颂如今。

平水韵:十二侵

游阅江楼

人文名胜阅江楼,雕刻精工汉玉貅。
刺绣玲珑陪壁画,浮雕细腻跨殷周。
饮霞吐雾风摇岸,赏景观湖浪打舟。
欲望千层房建筑,南方美誉论功酬。

平水韵:十一尤

拜谒中山陵

雄陵耸立众徜徉,谒拜先驱寿寝扬。
辛亥攀宵曾咤叱,掌权华夏气轩昂。
千楣凤起飘云彩,万拱鸾飞架画梁。
伟续丰功闻世界,光辉业绩永昭彰。

平水韵:七阳

秋　欲　暮

艳菊容颜灿烂光,霜裁翠境叶呈黄。
轻烟细雨仙人氅,曲槛疏篱素女妆。
淡映红嫣扶月夜,浓拖紫黛耀天长。
南飞雁恋春回返,五谷丰登富四方!

平水韵:七阳

[本诗载《诗词世界》2019年第12期(总第140期)]

观 菊 花

浮金丽草翠登仙,点玉繁花素女妍。
影摄烟霞霜蓓细,颜扶日月露葩鲜。
星罗棋布秋添色,仪凤云追水润连。
傲骨如君神淡定,冷香粉面映蓝天!

　　　　平水韵: 一先

秋 光 谣

绵芊暮色覆秋霜,天际新弯月夜长。
水墨轻烟添野秀,丹青碧叶饰岚光。
荻风带喜吹橙绿,荷粉含香印稻黄。
草静翻飞蝉恋树,郁金竞俏靓云章。

　　　　平水韵: 七阳

(本诗为第四届"诗家天子杯"金奖作品之一,并收入《诗家天子大辞典》)

江 南 初 春

日暖风柔百鸟啼,泥融冰解观前溪。
千株柳树摇新翠,万里江山靓紫霓。
鲜艳如霞花念杏,清莹若玉卉思梨。
娉婷美景令人醉,泼墨吟春颂品题。

平水韵: 八齐

题咏谋道古镇天下第一水杉王树

其 一

拔山福地利川中,戟刺枪穿汗马功。
巨树名池形胜虎,恒星屹岭似飞熊。
凫乌叶影无留碧,佩剑神魂挂卷蓬。
涧水千排如吐翠,韶华百岁立苍穹。

平水韵: 一冬

其　　二

隐退深山称霸王，越巫锦绣染春光。
淡烟疏雨鲸髻密，落叶黄沙雉羽香。
孤树昂扬传楚岸，七星排列饰吴装。
苍龙骨硬惹人爱，傲视雄姿炫众芳。

　　　　平水韵：七阳

其　　三

巍山碧水润丰姿，天赐机缘鼎盛时。
玉露施恩增绿叶，金刀剖液酿佳诗。
将军汉坐龙孙木，大帅秦封虎子滋。
岚气浮窗星伴月，瀑声飞枕故园思。

　　　　平水韵：四支

夕阳渔歌唱晚晴

祝贺《诗与远方》创刊（冠名诗）

祝愿弘文赋壮篇，贺迎澳国聚烽烟。
诗词熠熠清新唱，与尔温温韵美专。
远处红星牵手走，方知白日耀金弦。
创奇底稿三光闪，刊版雕珍绘锦笺。

　　　　平水韵：一先

[本诗载《诗与远方》2018年第1期（总第1期）]

贺诗与远方国际文化交流协会成立

腾蛟起凤舞长空，绣虎雕龙志趣同。
北道文人情恳挚，东方墨客貌谦恭。
诗词古雅蓝图绘，玉律铿锵国粹融。
鼎立千年洲际会，英才得展浩歌雄。

　　　　平水韵：一东

[本诗载《诗与远方》2018年第1期（总第1期）]

学术交流平台筹备会感

元轻杜雅墨诗探,孟淡苏豪赋曲含。
律细红衣添日暮,音圆碧彩润篷南。
刘书万字三歌唱,蒋拟千文四韵参。
海内词宗扬溢美,环屏妙笔震春酣。

平水韵: 十三覃

贺《海山缘》诗集付梓

神清句丽布慈缘,沧海明珠异彩鲜。
掷地诗词张锦绣,冲天壮志敬群仙。
铭心绣口千家赏,玉佩琼琚万户连。
当代名人留墨宝,文冠传世授良贤。

平水韵: 一先

[本诗载《诗词之友》2019年第2期(总第97期)]

杏坛之恋——重温三十多年教师情愫

忠诚敬业讲坛忙,杏李芬芳硕果香。
满壁图书青鸟献,深山典籍赤心藏。
智凝汉字凭龙跃,墨润骈文任凤翔。
礼乐诗词精妙在,相传爝火万年长。

　　平水韵：七阳

(本诗为第四届"诗家天子杯"金奖作品之一,并收入《诗家天子大辞典》)

新 婚 之 喜

珠联璧合爱情融,女貌郎才沐蕙风。
盏满飞觞情盛献,欢声笑语敬高翁。
新人共祝千杯少,婚照房间意境同。
鸾凤成双缘配对,百年好合喜胸中。

　　平水韵：一东

赞林溪侗寨旅游百家宴

层峦叠嶂仰嵯峨,侗域民风雅韵多。
美味百家传手艺,联餐千众谱新歌。
世饶福祉村村善,友爱诚殷户户和。
博大隆情天下乐,旅游旗鼓亮乡窝。

平水韵: 五歌

迎新团拜会

新春笑语凯歌绵,展翅鹏程勇向前。
稻谷逢年多稼获,辛祈望岁笑声连。
诗林砥柱陶情趣,经典铭心赋雅篇。
弘道示人言礼义,文韬武略世风传。

平水韵: 一先

获奖有感

雅婺双辉意颂扬,诗词笔墨已平常。
清新体味兰馨美,俊逸神情蕙彩藏。
丽语宽人传曲艺,琦瑰潇洒溢芬芳。
淙淙浦水增花色,熠熠明珠赋韵长。

平水韵: 七阳

读诗友《七十感叹》吟

风清淡定乐悠然,斗转星移弹指旋。
寄趣以恭谦远客,拨琴而鼓热情牵。
泛江置酒迎良友,至府宾筵敬笔笺。
地老天荒人健寿,诗词曲赋赞君贤。

　　平水韵: 一先

棕　叶　香

萱草舒梅竹报安,榴花吐焰露清寒。
盘分楚粽菖蒲酒,扇画秦娥琥珀冠。
百索缠筒遗益智,五丝绕臂斗狂澜。
全民战疫高歌响,举国流觞屈子欢!

　　平水韵: 十四寒

投　稿　遐　想

吟诗赋曲赏贤豪,泼墨挥橡颂武韬。
华夏腾飞歌兴旺,人心凝聚盛情高。
鸢鸣峰岭凌云志,鱼跃江宽化浊醪。
芳草萋萋成茂苑,期刊稿稿浪掀涛!

　　平水韵: 四豪

诗友情长

鸿轩厚谊酝高潮,凤举红旗引路标。
月露形多飘洒广,风云气壮寄思骄。
比排赋韵同工曲,陟降悠然驱弊寥。
四海之遥存挚友,天涯若咫奏诗迢。

平水韵:二萧

夜　　读

高楼夜读暖温床,万绪凝神蘸墨香。
画地撰文堆被褥,精研为海考评量。
言书百氏成仙馆,竹简三经对帝王。
傲骨玲珑陪壁影,诗词曲赋笔耕忙。

平水韵:七阳

清明祭

清明祭祀到坟前,先祖恩深裔泪涟。
紫笋燃冥承后孝,青烟盘绕忆求贤。
倚槐回顾悲声漫,梦枣高瞻憾意绵。
奠语流潺欣化瀑,春晖普沐杏花天。

平水韵:一先

重九登高赋

傲视风霜鸾凤俦,登高天际咏寒秋。
枫林渐被金风染,苇管常随露水稠。
人似黄花遭冷雨,云如白鹭唤泥牛。
茱萸系臂重阳到,墨菊飘香溢四周。

  平水韵：十一尤

幸有诗书慰寂寥五首

其一

幸有诗书慰寂寥,人文之首是贤超。
纲常万事民为本,世纪千秋史筑桥。
遍啃华章求睿智,精雕碧玉敬天骄。
经藏阁里闺房雅,佳韵长吟胜理调。

  平水韵：二萧

其 二

苦追清照领妖娆,幸有诗书慰寂寥。
陋室专心温古训,突泉着意伴芳昭。
填词婉转寻真谛,问韵迷茫笑冷刁。
绿水青山花艳丽,挥毫洒玉乐逍遥。

  平水韵：二萧

其 三

北域虔诚聘与邀,诗词之友树芳标。
冲开嶂雾皆慷慨,幸有诗书慰寂寥。
时鸟欢歌扬盛世,春风起舞颂花娇。
奇文共阅令人醉,携手高台赏九韶。

  平水韵：二萧

［本诗载《诗词世界》2019年第3期(总第131期)］

其 四

心诚如炬映红貂,傲骨临风起点超。
立志蓝天须展翅,扬帆学海不辞迢。
虽无钱禄何犹豫,幸有诗书慰寂寥。
丽影梅花浓粉黛,香飘四野溢朋骄。

平水韵：二萧

[本诗载《诗词世界》2019年第3期(总第131期)]

其 五

雅趣温温岁月遥,填词逸逸令魂销。
全观熠熠琅嬛景,半面清清黄浦潮。
代署争端明志向,常寻座右爱唠聊。
循规远走行谦让,幸有诗书慰寂寥。

平水韵：二萧

书房盆景遐想

临窗植景显丰盈,翩舞随风百态生。
莫道隆冬花讯简,欣言春色韵魂诚。
柔柔翠叶添梅盛,绿绿瓷盆泛竹清。
翰墨丛中描素雅,书厢寒意演温情。

平水韵: 八庚

鉴古抒新

孔师德厚耀华光,述著传经万代章。
花瘦文姬词赋美,春长清照韵声强。
诗书悦耳东坡妙,玉律铿锵露剑芒。
诚训观今宜鉴古,尊儒继雅永留芳。

平水韵: 七阳

《大浪诗潮》感赋

乡韵深醇正义浓,椽毫历代续诗踪。
人文地锦多才子,水秀山清蕴肃恭。
追古篇篇吟景致,颂今句句唱从容。
欣存佳作臻传世,八桂融州赋苑龙。

平水韵: 二冬

过　年

常青树绕绽银花,飘带霓虹吐艳华。
岁宴迎年繁茂景,春传快讯展奇葩。
天真童稚开颜笑,耄耋翁孺贺礼夸。
涌动人群争爱赏,瑶池飞雪化云霞。

　　　平水韵：六麻

吟　大　雪

白鹅翎羽四围飘,人道山原景更娇。
棉絮轻飏云彩远,田园寒冷牧声消。
寻诗大野舒心眼,化纸长天藏赋谣。
最喜凌冰连峻岭,冬梅疏柳素如雕。

　　　平水韵：二萧

勤　学　苦　练

人生梦想用心裁,何惧煎熬迎面来。
九转千回难止步,五锤百炼壮英才。
帆悬风正洪波里,艺雅诗词大看台。
苦练精勤朝暮处,豪情弄墨洒文魁。

　　　平水韵：十灰

贺 新 居

室盖云层栋宇新,楼台报喜暮晨真。
花开丹桂馨千里,春到兰厅献瑞邻。
翰墨飘香文笔秀,吟声读乐赛金银。
安居兴业祥和地,五喜临门百寿珍。

平水韵: 十一真

清 晨

清晨薄雾闪珠光,耳畔琴声奏小康。
美妙悠扬吟叙梦,高昂激越振芬芳。
音从曲转弹情趣,义向悬崖唤暗香。
吾趁弦歌鸿爪秀,豪行笔墨雪泥章。

平水韵: 七阳

老屋建造八十年感赋

倚窗情趣水东流,书卷馨香韵未休。
青瓦雕梁连构宇,长廊画栋砌围周。
凌风浸雨多磨炼,傲雪经霜历代悠。
抖尽尘嚣迎雅赋,人间丽景子孙留。

平水韵: 十一尤

恭贺二师附小校庆(冠名诗)

恭迎榜上把名镶,贺句乘风众语扬。
二喜黉宫描锦绣,师从礼教吐芬芳。
附年六十施春雨,小苑千秋育栋梁。
校路成蹊通道远,庆兴华夏谱新章。

　　　　平水韵: 七阳

言　　志

冰清雅静慧聪人,翰墨诗书笔砚珍。
弦若箫笙歌盛世,音同琴瑟献甘淳。
朝鸣绿野东南宝,夕饮仁泉醴智身。
凤立鸾飞君子望,金声玉色万年春。

　　　　平水韵: 十一真

中 秋 思 友

无愧良宵坐案前,文房四宝墨绳牵。
手摇六寸双星笔,腹蕴三篇古典连。
梦里犹书长韵律,心舒更记短词笺。
奉迎诗友功夫好,天道酬勤汉字缘!

　　平水韵: 一先

(本诗为第四届"诗家天子杯"金奖作品之一,并收入《诗家天子大辞典》)

赞赵成柱老师八十诗翁

地聚良才喜笑眸,天崇百岁笋芽抽。
吹琴鼓瑟排头唱,奏雅诗歌放棹讴。
赤胆谆谆珍友善,忠心耿耿领航舟。
文公墨客英贤展,武将闲情誉满猷。

　　平水韵: 十一尤

祝张荣金顾问八十寿辰

精神奕奕度平生,进取须弥杖钺惊。
巧计深谋拖绿玉,品行尚齿赞清明。
天崇幸福温泉寿,身聚高龄技艺鐾。
耄耋苍头春不老,甸园兴盛百年庚!

平水韵: 八庚

上海站诗友交流

绿树兰亭九曲前,红林远景美流连。
奇文共赏神交友,佳日相呼喜乐天。
通贯才华求鼎立,博知汇典取人贤。
无眠昼夜思遐客,纵意芳菲叙笔缘。

平水韵: 一先

元 宵 观 灯

千门月朗撒霓裳,一夜花开绚丽光。
凤踏莲蓬呈富贵,龙衔火树炫诗祥。
观灯谈笑流连返,祭户遗风翠袖香。
听曲妙音珠闪烁,轻弹天籁润霞舫。

平水韵: 七阳

自　　勉

藏楼笔墨伴生涯，自爱诗词绽百花。
毫染炉烟金紫色，纸含玉佩淡黄纱。
三枝丹桂添神彩，一座文昌照日华。
心态长青如得道，骚坛硕果胜朝霞。
　　　平水韵：六麻

邀游西塘花村

原荑绿柳翠依塘，圃放嫣红粉黛王。
草色芊绵晨玉露，蝶飞旖旎暮流光。
浮桥竞渡风传意，曲水盈杯酒撒香。
卉靓清芳开五瓣，花田溢美闪春芳。
　　　平水韵：七阳

写 作 感 言

灵魂笔炭吐言深，月斧云斤日照临。
蘸墨珠生添彩色，挥毫雾散赏佳音。
镂雕万化增才气，举燧三光暖体心。
滴水穿岩存魅力，闻鸡而舞自藏金。
　　　平水韵：十二侵

拜读许俊杰老师《黄鹤楼碑引》感赋

龙腾虎跃笔锋笺,黄鹤楼存永世贤。
密宝藏心成妙语,丰编照物述名篇。
九流异美麒麟舞,百氏齐镶彩凤翩。
草木知春能茂盛,豪书碑引艺文传。

平水韵: 一先

听张脉峰总编讲课

赤子才高敬业情,重圆梦想育群英。
执经垄畔怀风骨,讲课茅庐坐鲤城。
倾注身心濡笔墨,弘扬国粹乐勤耕。
春回厚德新苗盛,复兴教研百励精。

平水韵: 八庚

探 望 诗 友

德馨艺海正蓬和,润笔茹辛遇重跎。
转侧伏眠遭负累,全盘汲引受缠磨。
乌归惦记知恩报,犬马卑微懂礼多。
辅助艰难风雪日,忠良仗义咏高歌。

平水韵: 五歌

忆母亲生前纺织情怀

飞梭密密纬疏编,弄杼隆隆冷布前。
匹匹全凭纤手指,盘盘满贯细心穿。
眼明织锦千图美,足下生风万卷妍。
泪涌阴阳长思念,慈贤母爱似流泉。

　　平水韵: 一先

贺赵成柱老师受聘顾问

傲骨长存领远鞭,怀风济世奏琴弦。
承担四道神清美,震畏三知雅素传。
誉满沪宁甘露颂,诚披诗友瑞星联。
栽培桃李新功立,学润心田喜善缘。

　　平水韵: 一先

端午节悼念屈原

榴花吐焰又端阳,萱草舒梅祭奠长。
湘水忠臣行酒煮,娥江孝女义汤扬。
竹慈品逸涂朱美,镜铸波涛显赤刚。
竞赛龙舟寻志士,屈原地下慰安详。

　　平水韵: 七阳

贺 新 年

新冠佩翠靓丰神,唤醒知音扫暗尘。
竹叶倾觞争获胜,梅花妆扮共相珍。
三公捧璧风云状,百女同珠月影亲。
虎跃龙腾年岁贺,吞书饮墨酿甘醇!

平水韵: 十一真

百度搜《春蚕语丝》与《晚晴涓韵》喜留名

搜寻百度有留名,笔墨联成硕果倾。
字抚沧桑添五彩,书装锦绣挂双情。
金瓶贺喜心胸亮,玉管吹箫胆魄生。
庆典文场涓韵靓,清新吐语美涛声。

平水韵: 八庚

赞复旦老年大学

深秋枫叶火嫣红,皓月银辉泻夜空。
觅觅寻寻何去处,安安定定乐无穷。
琴棋绘画心存妙,感赋吟诗肯用功。
盛世精神彰百姓,妪翁进取焕春融。

平水韵: 一东

荣幸加入中石化作协、中华诗词学会双喜临门感怀

花香焕彩绽芳菲,好事心欢两入扉。
朝暮诗词添素雅,年华赋著砌文围。
舌耕黉苑培梁栋,苦恋书山采异辉。
双喜临门常励勉,欣将夕照慰情归。

平水韵: 五微

赞长子江明与儿媳张萍

蟾宫折桂教程研,负笈鹏飞意志坚。
交大专攻同系列,书山砥砺竞争妍。
春秋着意园铺秀,事业高端德品贤。
碧海蓝田收硕果,珠联璧合美姻缘。

平水韵: 一先

孙女江玥颖全面发展好

聪慧排名榜首前,琴棋书画女中贤。
英文技艺足夸叹,语数评分率领先。
闺秀琼琚嵌碧玉,锦心绣口耀芳妍。
寒窗苦读凭勤奋,门第书香世代延!

　　　　平水韵: 一先

夸次子江锋与儿媳秦莉

才华睿智品行先,沥血呕心站杏田。
举步课堂添苦累,扎根教育献良贤。
千秋汉语能传代,万仞工科永复年。
夫唱妇随风雨共,忠诚傲骨靓甘泉。

　　　　平水韵: 一先

赞孙女江盈萱获全国少儿书法大赛二等奖

文山墨海勇超前,睿智苞芽茁壮妍。
闺秀藏珠舒百业,飞毫拂素赐千篇。
灿霞展卷芳华靓,彩旆翻扬锦绣鲜。
学习攀巅勤勉励,书香世代后人传!

　　　　平水韵: 一先

包 粽 子

轻柔妙手米盈端,枣肉清香苇叶餐。
采掇芳菱缠抵角,蒲包粽子斗花团。
纤纤巧巧方圆制,薄薄层层错落观。
益智遗刘崇义烈,投江祭屈送华冠。

　　　　平水韵:十四寒

中秋赏月感赋

琼楼月笑印山川,曳杖登峰绿影前。
胜境幽深呈玉兔,良宵淡雅赏盘悬。
流光遍野千家乐,观景横空一镜圆。
硕果盈秋欢聚日,佳肴甜饼喜悠然。

　　　　平水韵:一先

(本诗为第四届"诗家天子杯"金奖作品之一,并收入《诗家天子大辞典》)

吟　重　阳

恩隆薏苡桂飘香,饮设莲花酒满囊。
秋菊初开歌赋曲,丹枫刚变现红黄。
愁闻宿雨三更坐,醉数茱萸万里霜。
品赏重阳糕喜悦,心舒屡获美篇章。

　　　平水韵：七阳

贺 2019 年元旦

开元守信寄情融,爆竹腾空万象中。
位正朝阳祈稼穑,气和瑞月遇诗翁。
盈杯寿酒虔诚意,雅韵佳词浴日红。
秀峙长江扬碧浪,申城多彩耀霓虹。

　　　平水韵：一东

在上海过年

明珠秀塔耸高空,观赏人群贺岁同。
绿树依楼悬彩带,飞船览景乐亲忠。
五洲旅客都城赴,四海欢声异地融。
闪烁霓虹宵夜处,东方璀璨展新隆。

　　　平水韵：一东

旺年闹元宵感赋

玉兔东升幻赤虹,长街人海显玲珑。
红灯高挂呈精彩,绣伞飘悠喜乐融。
曼舞琳琅铺大地,缤纷焰火照遥空。
双狮抖擞群欢闹,金犬元宵兆庶雄。

　　　　平水韵：一东

人　　生

崇尚诗词圣境雄,芳菲玉手蘸玲珑。
高风承世遵天道,正士鸿门募赈穷。
地秀民归通艺苑,峰峦物美祭苍穹。
情牵笔墨琼花舞,步履铿锵淡雅中！

　　　　平水韵：一东

人文荟萃

题 2019 诗词峰会合影

绚丽明珠赋广行,缘逢金殿展群英。
光辉聚会诗家影,盛世名篇谱燕京。

　　　　平水韵：八庚

［本诗载《诗词之友》2019 年第 4 期(总第 99 期)］

寒 秋 咏 枫

栖云岚岭彩霞沉,冷壑三冈寓意深。
北雁归来天正好,群山流火赋秋音。

　　　　平水韵：十二侵

［本诗载《诗词之友》2018 年第 5 期(总第 94 期)］

观赏桃园寻春图

绿野桃林格外红,蜂飞蝶舞万花丛。
自然屏画寻春景,多少诗情摄意中。

　　　　平水韵：一东

申 城 夜 景

流光溢彩万家馨,银汉降临大沪停。
不夜人潮歌曼舞,霓虹闪烁耀天庭。

平水韵：九青

冬 夜 笔 耕

冷月如弓壁影牵,挥毫展卷意难眠。
诗词笔墨长相守,无限情思化韵笺。

平水韵：一先

［本诗载《诗词之友》2018 年第 5 期（总第 94 期）］

喜获《大浪诗潮》

大浪诗潮韵最娇,申城快递送良宵。
挑灯寒夜观新赋,涌动秋江异彩飘。

平水韵：二萧

血 月 吟

寒宫月冷叹娇娥,饮恨当初苦绪多。
落寞遗孤茹血泪,阴阳境地透绫罗。

平水韵: 五歌

返 乡 曲

岁暮寒轩喜返乡,尊宗拜祖孝心长。
村前院后温言起,世事沧桑国运昌。

平水韵: 七阳

［本诗载《诗词家》2016 年第 2 期(总第 20 期)］

张 脉 峰 好

张扬国粹任挑肩,脉涌诗情聚众贤。
峰耸椽毫双手举,好安品美领文船。

平水韵: 一先

［本诗载《诗词之友》2019 年第 4 期(总第 99 期)］

赞 孙 娜

赞语连珠众口酬,孙山不落美名留。
娜容春意迎诗友,诚为他人解困忧。

平水韵: 十一尤

[本诗载《诗词之友》2019年第4期(总第99期)]

致 诗 友

天高云淡展深秋,诗友承欢赋燕幽。
不老青山留影在,金风和煦荡京洲。

平水韵: 十一尤

画图鉴赏之妙笔(题跋)

题诗彰显画图轩,蕴跋吟情更返魂。
佳境豪书融一体,浑然溢美世间存。

平水韵: 十三元

浦 江 秋 色

远处江波驶巨舟,秋寒树瘦引神游。
清心筑梦情陶醉,水落船疏景更悠。

  平水韵：十一尤

冬 夜

冷月弯弓夜影怜,诗书几卷伴无眠。
忽闻微信叮咚响,挚友温言跃眼前。

  平水韵：一先

赏 菊

菊花仪态万千方,品盛清高色艳香。
粉嫩流金镶绿玉,攀枝百彩显容光。

  平水韵：七阳

《旦园流韵》献复旦老年大学颂歌

其 一

鹤头翁妪迈黉翰,夕照文光耋耄欢。
绘画琴棋情操冶,诗词曲赋美书坛。

平水韵：十四寒

其 二

桑采为霞乐盛年,尧天暖雨润心田。
旦园流韵恩情党,一曲豪歌颂彩笺。

平水韵：一先

雪

片片轻盈若羽娆,层层复盖路迢遥。
津迷远望隔窗景,瘦柳寒梅似玉雕。

平水韵：二萧

读《阿添哥的秋天》

时代奔腾一往前,美文佳赋露华鲜。
长歌最是乡泉好,不改风光韵百年。

   平水韵: 一先

题金橘悬枝图

金黄圆璧耀晶蓝,镶嵌琉璃色润岚。
翡翠丛中情极限,玲珑桔满靓琼南。

   平水韵: 十三覃

观山水天兰图

雾凇仙境翠盈岚,绿竹侨居下碧潭。
凝梦蓬莱呈慧眼,风清水泻荡堤南。

   平水韵: 十三覃

祭 祖 吟

诗书浸润靓斋房,世代从文笔墨香。
继往开来源更远,家风血脉永传扬。

　　　　平水韵：七阳

人 生 歌

征远攀登百道坡,抚平万种困心磨。
排难跋涉经艰苦,化作铿锵一世歌。

　　　　平水韵：五歌

赏 彩 云

彩云七色耀神州,雅趣浓情赏布裘。
狂舞瑶池仙女乐,普天同庆遂洪流。

　　　　平水韵：十一尤

戊戌春天

鞭炮声声喜事生,汪汪犬吠送鸡鸣。
迎新辞旧民欢庆,尽享神州幸福情。

平水韵：八庚

观幼苗图

天伦之乐育苗精,稚气童声学晓莺。
娇嫩贤媛多雅致,书山永浩百花明。

平水韵：八庚

包水饺

玲珑纤手水饺包,满汉心随肉馅交。
美味色香凭巧技,家居厨艺有佳肴。

平水韵：三肴

观赏美女驾鸡神龟凌浪图

仰望东方报晓鸡,长箫美女驾孤栖。
青山绿水依千里,倚仗神龟壳利犀。

平水韵: 八齐

茶 壶 赞

天工夺巧靓瓷王,圆润玲珑片叶装。
壶美茗浓宾客贵,三江水煮溢茶香。

平水韵: 七阳

赠上海二师附小三(5)班

汗洒黉宫愿景鲜,杏坛播爱育英贤。
崇尊孔孟培才俊,桃李成蹊著锦篇。

平水韵: 一先

登 泰 山

列嶂清溪震悚临,松涛竹浪舞霞沉。
翠林雾锁风光美,奇境云开泰顶寻。

平水韵: 十二侵

(本诗为第十六届"天籁杯"中华诗词大赛金奖作品之一)

拜 师 难

程门立雪拜师难,婉退三回不惧单。
请教心诚坚烙铁,渴求学艺始开端。

平水韵: 十四寒

吟 春 耕 图

春回大地寄良辰,柳绿花红展草茵。
老伯吆耕心意好,福田五谷喜千人。

平水韵: 十一真

迎春诗会赞

星移斗转涌群雄,火树银花烂漫红。
唱赋诗词多趣味,文坛圣殿沐春风。

   平水韵:一东

赏中国茶城交易图

盈香嫩绿喜农夫,万里闻名自丽都。
山美田肥茶树茂,春谣赞赋润心图。

   平水韵:七虞

晨　练

江浪高扬洒水银,清晨邀友伴良辰。
隆冬莫道春还早,芦苇塘中戏露频。

   平水韵:十一真

(本诗为第十六届"天籁杯"中华诗词大赛金奖作品之一)

浦 江 轮 渡

锦麟画舫驶秋江,溢彩明珠耀绿窗。
鸟语花香铺两岸,风柔恰意美成双。

　　　平水韵：三江

忆　　梦

儿时复旦梦难圆,榜列前茅泪忍怜。
四海为家弹指越,晚晴跨进校门牵。

　　　平水韵：一先

玫　　瑰

枝挺花香浸润幽,英姿俊俏月魂勾。
情深堪美终须折,瑰丽妍颜索好逑。

　　　平水韵：十一尤

海 关 钟

浦水波涛对影踪,华轮悦耳驶从容。
明珠溢彩群楼伴,屹立江边响远钟。

平水韵：二冬

流 年

能屈能伸量似弓,回眸孔子步行匆。
良师自古尊严训,论语华章照亚东。

平水韵：一东

听老师讲诗词

鲸身巨背竞清波,学子精研铁砚磨。
墨客心中情意涌,欣沾百草唱长歌。

平水韵：五歌

劳动节吟

远古开天伟业多,劳心劳力百工和。
乾坤万物人新创,历代英模唱赞歌。

   平水韵:　五歌

汉商采风

胜负赢家靠好商,琳琅满目饰华妆。
经营有道能舒展,守信为慈众颂扬。

   平水韵:　七阳

恭贺张世才会长获殊荣

墨客承情浦弄潮,高贤古豫赏廊腰。
静安宝寺融春景,感赋张君美韵骄。

   平水韵:　二萧

上海"二师附小(5)班画展"感赋

乐趣悠悠画展韶,鲜桃满满育新苗。
深情雅笔良图美,师睿勤耕硕果骄。

平水韵: 二萧

迎春诗会赞

星移斗转涌群雄,火树银花烂漫红。
唱赋诗词多趣味,文坛圣殿沐春风。

平水韵: 一东

经济增长有感

镇抚调和万事能,鸿恩教化百家升。
严宽济猛求民富,润似长江历代兴。

平水韵: 十蒸

中秋望月感怀二首

其 一

旧楼故事久徘徊,朗月光辉翠竹陪。
远友情深君照寄,相依咏唱踏歌台。

  平水韵:十灰

其 二

我自多情岁月蹉,江湖遗爱一青禾。
轻弹邮寄遐思曲,倾听婵娟彩凤歌。

  平水韵:五歌

连 闯 三 关

铁砚常磨笔墨端,明灯午夜伴书钻。
芳花碧草雄心志,陇首寒梅茂盛坛。

  平水韵:十四寒

重阳菊香

凌霜菊雅度重阳，淡秀清香益健康。
妩媚云摇秋暮色，吞书饮墨举盈觞。

　　　　平水韵：七阳

中秋夜遐想

放眼千山百壑村，深情拜月念君轩。
魂牵那段江南曲，鸿雁穿云万里门。

　　　　平水韵：十三元

答谢诗友

歌成立鹄续诗缘，凤引华林韵律牵。
奏鼓抚琴追日月，鸿轩赋墨润清弦。

　　　　平水韵：一先

诗 心 永 存

矍铄雄心不觉闲,诗情肺腑润容颜。
寒梅傲雪春常在,日暮躬耕纸墨间。

平水韵: 十五删

上 海 诗 人

笔借丹青纸墨香,诗投日月酒飞觞。
浦江滚滚东流去,广厦霓虹美溢仓。

平水韵: 七阳

笔 耕

高官厚禄过云烟,笔墨诗词日月连。
百岁沧桑留凤纸,书香门第世绵延。

平水韵: 一先

守护家门

疫瘟肆虐国人惊,党政关怀禁乱评。
守纪家门书相伴,白衣战士献真情!

　　　平水韵: 八庚

抗　　疫

气势磅礴黄鹤楼,龟蛇楚水立潮头。
诡奇瘟疫潸然降,党政同心病恶搜。

　　　平水韵: 十一尤

冬夜遐想

其　　一

浦江夜雨带风奔,浪打舟横骤降温。
冻雾朦胧三百里,寒天雪卷至凌村。

　　　平水韵: 十三元

其　二

白银满地伴黄昏，树树珊瑚照路魂。
座座高楼粘蜡像，申城雪景赛春温。

　　　平水韵：十三元

问　垂　柳

碧绿婆娑舞梦宵，留春色丽醉妖娆。
依依百尺牵魂魄，袅袅三眠异态娇。

　　　平水韵：二萧

写在国家公祭日

朔风哽咽祭群坟，倭寇凶残地气氲。
杀戮同胞茹血债，罪尤警示刻碑文。

　　　平水韵：十二文

题邓公辛樵豪饮图

爱饮坛浆碧液泉,激情满盛巧周旋。
琼膏客室传香味,水伴庐陵酒撼天。

平水韵:一先

解放军进驻武汉

雄兵挺进汉城端,护国帮家万户安。
驱杀凶顽瘟病毙,军民义共度艰难。

平水韵:十四寒

小 江 南

低头碧水漫山岚,举目浮云倒映潭。
曲项鸭鹅群戏闹,扬波跃舞赛江南。

平水韵:十三覃

(本诗为第十六届"天籁杯"中华诗词大赛金奖作品之一)

欢度元旦

顾问遐方踏雪来,传经瑰宝展诗才。
漫谈秘诀浓情送,合影申城靓咏台。

   平水韵:十灰

观高崖悬瀑图

喜眺高峰潋滟溪,羽霓翠壁紫烟低。
银河闪烁珠帘挂,玉带纷飘赋美迷。

   平水韵:八齐

(本诗为第十六届"天籁杯"中华诗词大赛金奖作品之一)

登黄山有感

踏遍名山阅大川,峰登绝顶水寻渊。
苍松翠柏层层锦,溢美归真靓自然。

   平水韵:一先

(本诗收入《百年诗词精选》第四卷)

雪 中 梅

枝头艳丽北风陪,露润花神戴雪回。
霜履凌寒魂不灭,亭亭玉立景中魁。

平水韵：十灰

(本诗收入《百年诗词精选》第四卷)

牧 马 千 骑

牧马飞奔叱咤秋,凤凰展翅竞风流。
麒麟舞伴游深海,梓里黉园显陆州。

平水韵：十一尤

腊 八 节

迎年更日喜无愁,观腊凌冰美味稠。
稷乐芃芃祈五谷,苗欣盛盛不烦忧。

平水韵：十一尤

题书香公寓空中花园

万紫千红绿翠鲜，亭台溪水映楼前。
空中俯瞰花园美，旖旎春光赋笔笺。

　　　平水韵：一先

苗山雾月杜鹃红

蝶飞恋艳醉诗翁，烟雨繁花赞赏红。
抚慰情怀文笔墨，流传锦绣振才雄。

　　　平水韵：一东

（本诗收入《百年诗词精选》第五卷）

依韵答谢众方家

励志情深谢众家，党恩雨露润繁花。
诗词凤立鸾飞舞，乐教思齐赏晚霞。

　　　平水韵：六麻

晚 晴 好

腹有诗书蕴美鲜,观今鉴古拜先天。
晚晴刻苦争朝暮,圆梦心舒不仰仙。

   平水韵: 一先

(本诗收入《百年诗词精选》第五卷)

唱 和 乐 趣

诗笺雅韵喜情融,玉骨冰肌画彩虹。
细语悠悠同奏曲,娇音袅袅入苍穹。

   平水韵: 一东

为 武 汉 加 油

雷火医院似巨岚,英豪院士敢承担。
三山遏制声威显,驱雾排邪战必酣!

   平水韵: 十三覃

咏　书　香

闺房咏史续书香，朝暮从文日月光。
镂玉雕花凝笔墨，诗词乐雅岁绵长。

　　　　平水韵：七阳

（本诗收入《百年诗词精选》第五卷）

植　树

柔风起舞树苗丛，蝶影花香净碧空。
生态平衡人动手，青山绿水建丰功。

　　　　平水韵：一东

忆童年二首

其　一

抚乐庚三诵史文，临兰执笔懂耕耘。
朝闻暮读书中秘，女子修来凤夜勤。

　　　　平水韵：十二文

其 二

幼教忠良信语文,先人训诂苦耕耘。
常闻毋诟垂天正,所见皆因道倦勤。

平水韵：十二文

咏 菊

西风冷落月前苔,佳色金黄异草陪。
玉露娇秋迷淡雅,奇花伴影妙香开！

平水韵：十灰

庆贺祖国 70 周年三首

其 一

莺歌燕舞笑飞霞,雨润神州万事嘉。
伟业七旬生日庆,高吟赞颂喜中华。

平水韵：六麻

其 二

毛公巨著照邦家,盛世昌明创业夸。
马列精华钟鼎立,日新月异灿流霞。

   平水韵：六麻

其 三

纵横高铁跨天涯,四海油轮涌浪花。
致富繁荣勤善政,文韬武略世人夸。

   平水韵：六麻

清 明 祭 祀

羔羊跪乳报瑶台,雅鹊同哀日月摧。
百善高堂行孝道,清明祭祀尽心陪。

   平水韵：十灰

悼念凉山灭火英雄

烈火吞侵卷野烟,凉山染血响巍然。
青春舍命森林护,悼念英雄泪碧涟。

　　　　平水韵: 一先

访金门高粱酒厂

诗风儒雅乐良缘,赋墨情深化酒渊。
泛影光浮留醉客,芙蓉玉碗敬婵娟。

　　　　平水韵: 一先

感赋谷雨诗于谷雨日

笑眺春光润蔗霜,千红万紫竞华芳。
梯田百里勤耕种,美景蓝图致富忙。

　　　　平水韵: 七阳

5·20快乐

其 一

珠帘阵雨润花轻,一枕清寒百啭莺。
碧水漪澜连浦汉,祥云竹写寄诗情。

　　平水韵：八庚

其 二

琴台雅奏柳烟轻,天籁之声出谷莺。
万里传音存缱绻,高山流水诉深情。

　　平水韵：八庚

赞两老收割图

稻谷金黄卷地头,夫妻漫汗喜镰收。
情深挚爱壶中水,滋润心胸共九丘。

　　平水韵：十一尤

嫦娥五号感言

神箭青云伴彩霞,笙箫悦耳是谁家?
嫦娥欣喜迎宾客,莲步轻移手捧花。

平水韵: 六麻

五一劳动节感赋

高唱劳工胜利歌,同心打扮靓山河。
人勤地广增财富,五月鲜花笑语多。

平水韵: 五歌

观《高山流水》封面有感

隔洋彼岸递恩深,锦绣遥传巨匠心。
妙笔生花添异彩,连年刊物赞佳音。

平水韵: 十二侵

写 作 悟

儒雅诗词笔墨携,琴书为友似清溪。
涓涓之水如泉涌,古韵文章化醉迷。

　　　平水韵：八齐

云 开 雾 散

天道酬勤续蕙风,坚持不懈笔文功。
石穿水滴晨昏练,雾散云开靓彩虹。

　　　平水韵：一东

赞 五 四 精 神

辞海书林壮志坚,承情伟业靠青年。
军强盛世潮头立,核箭歼鹰苦细研。

　　　平水韵：一先

贺众诗友作品集体登刊

喜贺申城笑语频,诗花绽放靓稀珍。
书香万里华章美,聚首云笺捧雪银。

    平水韵:十一真

初 赴 北 京

忐忑满怀步咏坛,吟诗词赋有多欢。
京都荣幸相研讨,求见名师自汗弹。

    平水韵:十四寒

夜 难 眠

疾书奋笔夜难眠,天道酬勤翰墨篇。
经典史通添异彩,学如沧海慰心田。

    平水韵:一先

重 任 肩

犹忆黉门古句牵,情醇礼拜祖师先。
灵犀指点春风暖,励志初心重任肩。

   平水韵：一先

赞 好 友

琴棋书画数君贤,柔意豪情品为先。
体恤贫寒心向善,精专墨海露华鲜。

   平水韵：一先

合 影

拙笔行书百感同,缘逢首府聚初衷。
金銮宝殿留投影,美景柔情恍梦中。

   平水韵：一东

微　　信

美月融云似柳添，诗书几卷伴孤纤。
情牵微信天涯远，挚友温言跃眼帘。

　　　平水韵：十四盐

咏　双　星

江汉申城驶巨舟，寒风鸾凤伴偕游。
投缘邂逅诗心醉，携手吟坛技艺优。

　　　平水韵：十一尤

笔　　耕

逸韵勤耕又一冬，志同守道信心从。
生平境遇诗词赋，耘种艰辛恳挚胸。

　　　平水韵：二冬

煮茗润墨

屋外飞来骤雨音,煮茶润墨溢诗心。
寒冬虽冷知交暖,笑靥清香送万金。

平水韵: 十二侵

笑颜多

轻纱吐雾树娑婆,朗月疏星照渡河。
独爱诗词添自醉,琼楼玉宇笑颜多。

平水韵: 五歌

诗词靓春晚

初春美韵靓新年,盛世诗词异彩鲜。
翰墨书香飘万里,中华大地古风传。

平水韵: 一先

贺多会召开

锦绣河山富裕同,中华强盛更丰隆。
海滨两岸心依靠,友谊交流际会逢。

　　　　平水韵： 一东

乡　　情

杯盘满盏语飘香,旧事思年岁月长。
回首桥头曾往返,辛勤劳燕恋春光。

　　　　平水韵： 七阳

(本诗收入《百年诗词精选》第四卷)

赏城隍庙灯会

一片珍珠闪烁欢,霓虹九彩挂云竿。
瑶池皓月良宵度,美景申城赛画坛!

　　　　平水韵： 十四寒

(本诗收入《百年诗词精选》第四卷)

玄武湖美景

菱叶荷盘映碧澜,平湖翠绿嵌金丹。
奇观岸柳千株美,网罩韶光荡远峦。

平水韵: 十四寒

(本诗收入《百年诗词精选》第四卷)

采莲吟

芙蓉妩媚水中开,莲子轻舟靓女来。
凝碧群鱼争百戏,湖边绿柳笑颜偎。

平水韵: 十灰

阅《红楼梦》有感

点沸胭脂赋墨香,凤鸾宝黛守昭阳。
红楼好梦情飘逸,四大名书永领航。

平水韵: 七阳

[本诗载《诗词世界》2019年第7期(总第135期)]

玄武湖留影

雾锁湖心绿柳纱,鱼游水下动琼花。
车停奕叶金陵岸,碧草寒烟映晚霞。

    平水韵: 六麻

金陵奇遇

作协金陵古韵行,知音礼拜友忠诚。
灵犀缘分诗词暖,励志交心慰挚情。

    平水韵: 八庚

别来无恙

岁月无声胜沐风,有缘百感寄情中。
诗牵雅意同温慰,思念经常喜讯通。

    平水韵: 一东

遇英才

人生有幸遇英才,妙笔涵芳墨作陪。
比翼齐飞迎雨雪,垣根连理向阳开。

  平水韵:十灰

路

笑看千人走四方,东西南北赶匆忙。
心中大志高标定,稳步前行耀靓庄!

  平水韵:七阳

贺《旦园流韵》付梓

苦尽甘来大器成,寒窗笔墨唱金声。
才华蓄聚真君子,门第书香万里程!

  平水韵:八庚

迎 国 庆

七秩中华姹紫红,峥嵘岁月咏初衷。
凝情笔墨繁荣赞,携手和平愿望同!

   平水韵：一东

四十年前回恩施

高山步障陋房空,夜雨飘零泣抚躬。
筑室东床铺草垫,他乡卷褥避贫穷。

   平声韵：一东

途 经 三 峡

泻月三山两岸葱,轻舟百脉浪悬空。
浮天盖地油轮渡,雨散圆文贯日虹。

   平水韵：一东

深 秋 美 景

其 一

花凝露绿叶摇轻,百草枯萎雁带惊。
澹日菊黄莲报谢,云清爽远谷丰迎。

　　　平水韵：八庚

其 二

竹岸丹红翠浪鸣,涧松野色玉声铮。
荔橙月桂青苔紫,宿雨珍珠蘸水清。

　　　平水韵：八庚

新诗·花絮

我与共和国同成长

九州百花,
叶茂枝繁,
天地人和富日时安。
群山奏起豪迈的旋律,
河流跳动浪花纹纤。
敞开心灵欢呼,
祖国七十周年寿诞!

桑榆晚霞,
快乐晚年,
盛世社会功德无边。
文化养老蔚然成风,
各行各业迅猛变迁。
夕照文光显绚丽,
迈步跨进复旦校园。

文学欣赏,
精彩呈现,
千古名著经典文献。
夏商周秦汉魏晋,
唐宋元明清近现……

厘清宇甸山河壮，
历史长廊名师讲传。

楚辞浪漫，
七色花瓣，
春兰香草唯昭色艳。
屈原爱国忠心义胆，
遭奸陷害悲痛异端。
以死明志投汨罗，
壮举震世蘅芳永远！

岳阳楼记，
洞庭湖边，
子京职守仲淹名篇。
先天下忧而忧，
后天下乐而乐，
以民为本抒心怀，
宦海沉浮古人忧患。

曹植才子，
洛神赋篆，
美好理想女神娇艳。
追求自由遭破灭，
惆怅悲哀徬徨艰难。

人神殊途两分离，
千古绝唱永恒人间。

江淹别赋，
情绪渲染，
心理刻画笔触寒暖。
别离痛苦千万种，
酸甜苦辣摹状险。
抒发情感有议论，
别离名篇天下传遍！

文天祥正气歌，
大义凛然，
气势磅礴有力雄辩。
爱国精神令人敬，
民族气节跃纸笺。
经论世家礼拜众贤。

驾舟书海，
滋润心田，
感谢党恩晚晴梦圆。
历史长河写辉煌，
文史资料高校留念。

>   橡笔描述心得著书三本，
>   跨步作家歌颂丰年！

（本诗收入《青岛诗刊》2019 年第 3 期"庆祝中华人民共和国成立七十周年专刊"）

春 晚 唤 春

繁花影屏，
舞台闪烁异彩斑斓。
姹紫嫣红，
婀娜多姿，
灯映辉照美惊艳。

笑语盈然，
享受祖国恩重甘甜。
生活气息一幕幕，
全家同台，
调侃亲情话团圆。

春风送暖，
花丛盘旋。
悦耳歌声抑扬悠然。
夕阳晚唱，
乐曲似浪逐帆船。

小桥流水潺潺，
银月偷笑云端。
小品曲艺，

京剧调侃。
相伴水仙香垂帘,
恰似云雀呢喃。

捕捉春色一片,
梨花弄影柳絮轻扬难眠。
过林飞燕,
红楼梦婉转唱段。

桂英挂帅英姿显,
西游记王母蓬莱列仙。
花团锦簇,
小品逗乐笑声涛喧。
掌声不断。

今年春晚大餐,
粉墨登场群星璀璨。
如痴似醉,
霓虹灯耀丽似火焰……

冬日拾景

朔风黄叶渐褪香，
柳瑟蕉哼荷枝悄悄隐让。
浦江烟水轻轻漾波，
月夜星疏万物复盖银霜！

沪上难见雪，
烹茶煮酒空调取暖驱寒凉。
揽阁观亭，
路人疾走随风戏舞衣裳。

高楼繁华悦眼耀亮，
琳琅满目购物匆忙。
阅书解惑，
犹喜书城人流如织熙熙攘攘……

参观上海菊花展

含霜带露的深秋,
摇曳着色彩斑斓。
上海菊花展,
寒风中金光灿灿!

人潮趋之参观,
绣球朵朵清辉耀炫。
美轮美奂靓锦绣,
鳞比排列沐浴赞叹!

片片花瓣巧梳玲珑,
琼楼玉宇深藏娇艳。
冷香漫卷大地,
情趣飘洒白云端!

堪笑金甲盛妆,
立冬菊骨高傲依然。
篱畔天阶迁移,
醉倚繁花寻欢……

［本诗载《诗词之友》2019年第3期(总第100期)］

坚 守 初 心

经过风狂雨骤，
领悟过几多绿肥红瘦。
人间无数悲喜故事，
闪烁的诗句缀成美景歌讴。

卸下身上重重的行囊，
不再孤军奋战黑夜疾走。
晚霞倒映在河水中，
思绪冲破禁锢跳跃奔流。

高墙筑起人生的驿站，
让魂魄安心作片刻停留。
忆往昔桑田沧海，
看今朝平地遍起高楼。

抚慰枯竭的心灵，
文思泉涌渗透。
谁能诠释内心的孤独，
诗词曲赋联滋润永久！

迟钝的灵魂幡然唤醒，

暖意阑珊朦胧似酒。
璀璨的花蕾点缀着大雨过的芳馨，
期待真诚风雨同舟！

上海站团队艺优，
发展史篇章有我们唱筹！
相信纯真的初心，
雾霾里也要坚守！
最后胜利一定属于大家，
前途光明团结奋斗！

为军运会歌唱

向着滔滔的长江水,
眺望暮秋的时光。
恬静温馨的秋阳里,
千里迢迢巧用兵,
武汉军运会凯歌嘹亮!

举起我纤纤双手,
为雄壮的开幕式鼓掌!
用骨子里剩余的炽热,
拨动金色的琴弦,
为肩负神圣使命的勇士们歌唱!

悠悠清风,
香飘盈袖令人陶醉,
潺潺流水清澈润畅。
听诗画般的旋律,
健儿辈出气宇轩昂!

仰望一片蓝天,
雄鹰展翅宇宙翱翔!
大国重任在肩,

习总亲临鼓舞人心，
扬国威英姿飒爽！

［本诗载《诗词世界》2019年第11期（总第139期）］

教 师 情

带着崇高的使命，
演奏人生的光明。
三尺讲坛，
酷暑寒冬献忠诚！

六书造字法，
揭秘了汉字的诞生。
看图说话，
敲响了琤琤玉铃！

字、词、句、段、文，
道德文章传永恒。
诗、书、礼、乐，
博爱胸怀留清名！

呕心沥血，
培养后代万里程。
孜孜不倦，
桃李芬芳花满盛！

勿忘初心，

蜡烛寸寸递振兴。
躬耕墨海,
重教才德注深情!

秋 的 到 来

天慢慢纯净舒旷，
轻轻触摸一片树叶，
感到它体温的渐渐清凉。

雨敲着帘窗，
花影摇晃。
虽然还有夏的暑热，
清泉却把早晚凉意润爽。

片片云影下，
修竹点翠亭榭闻香。
芦絮绕庐，
鸟鸣轻哼低唱。

庭院一角，
藤架正收获芬芳。
青翠触目渐变色，
累累果实点缀夕阳。

带着无尽的思念，

　　　　秋雨渐渐疏狂。
　　　　寻觅晴窗含碧，
　　　　月夜梦长……

（本诗载台湾诗刊《葡萄园》第 225 期"2020·春季号"）

雨 润 月

细雨，
润湿了月亮。
云角挂在窗台上，
秋风推开纱门，
送来清凉，
煽情的丹桂把夜摇晃。

难得中秋夜，
雨伴月光。
蒙蒙细雨，
给秋夜题诗渗墨香。

雨中，
时隐时现的秋月，
沐浴得越发俊秀，
犹如
刚刚被揭掉面纱的新娘……

秋　热

这是个少风的秋季，
压低的闷热，
汗滴舔润大地，
树枝间起伏蝉啼。

秋的温度，
潜伏在草香叶绿隙。
树荫下轻摇蒲扇，
南窗下企盼夜雨驱逐暑气。

心如静水，
荷塘轻摇涟漪。
云滑过山路，
偷闻丹桂的香迷。

撩拨着思绪，
爱好流淌在心底。
笔举墨留，
小诗素笺上屹立！

桂 花 香

金光灿灿,
星星点点,
透过树间的晨曦,
桂花轻轻把深秋点燃。

沁人肺腑的香笺,
弥漫轻雾笼罩着空间。
令人陶醉,
沐浴芬芳思绪联翩。

绿叶琼蕊,
幽幽吐繁,
清高不与众花争艳。
自有美颜微波掀。
随风荡漾,
蝶旋珠帘,
柔风庭前靓美姿,
花精佳丽竞鲜妍……

(本诗载台湾诗刊《葡萄园》第 225 期"2020·春季号")

问　　路

耐不住心中的怅惘，
凭栏远望。
高高的群楼，
读不懂路人的心房。
缀红点绿，
五颜六色把视线遮挡。

城市的脚步，
沸腾激荡。
演奏喜怒哀乐，
悲欢彷徨。
一头是傲慢，
一头是愁肠。

风吹呀吹，
不只有落叶和忧伤。
也会有温柔与芬芳。
一次又一次，
把我卷进人生的熙熙攘攘。
我左顾右盼，
去寻找路的方向……

话　晚　秋

四季轮回的陌上，
吻别了，
春天的温柔芬芳。
送走了，
夏天的激情昂扬。
昨日的梦没醒，
拉着我的手，
奏响了晚秋的乐章！

一片情　一颗心，
仿佛穿越了千年时光。
花开花落，
斑驳的岁月，
瘦却了思念与记忆，
徘徊在昨日的长廊。

把思念相牵的时刻，
与梦相依的夜晚，
细细拼接，
抓一串五彩缤纷的文字，
存放进香囊。

在晚秋的呢喃中，
舒展情怀，
让灵魂继续释放。
因为，
路在脚下，
诗在前方……

同 舟 共 济

黄鹤楼景色交融，
楚水腹地交通枢纽汇总。
诡奇的病毒阴影，
笼罩了她美丽的面容。

微信上每天公布的数字，
震撼着每个善良人的心胸。
多少医生和护士奔赴战场，
人民解放军更是奋不顾身竭尽忠勇！

抢救着每一条生命，
废寝忘食排除万难铿锵剑冲。
消毒杀菌抗击病毒，
捐款捐物援助武汉情比血浓。

耄耋之年的钟南山院士，
亲临指挥堪比岁寒不老松。
工程院士李兰娟，
研制疫苗闪烁着靓丽的一道彩虹。

十四亿中国人众志成城，

精诚团结德声恢宏。
为武汉为湖北为祖国加油!
同舟共济投笔从戎!
一切听从党的指挥,
胜利凯歌定会响彻苍穹!

赠白衣天使的赞歌

为了出征楚江,
剪去秀发意气轩昂。
一片冰心能解语,
阳关漫道奔赴疫场。

白衣天使跨征鞍,
穿上防护服救死扶伤。
纯洁的心灵迸射出火花,
投身劫难抛弃彷徨。

寂静的病房,
凝聚了她们的心血与希望。
唾沫尿液感染,
面临着病痛与无奈的死亡。

桃花的容颜勒出了血痕,
洁白的柔肤捂出痤疮。
十几个小时连续奋战,
饥饿疲劳夹着汗水流淌。

美貌堪比牡丹,

内心同须眉般坚强如钢。
用娇弱的血肉之躯，
谱写出真正的大爱无疆！

巾帼临危甘愿受命，
木兰精神21世纪闪耀春光。
情如莲花一尘不染，
抗击瘟疫、永载史册、万世流芳！

春天姗姗来临

窗外传来黄莺婉转的啼鸣，
柳枝摇曳着嫩苞倾听。
掀开窗帘香袖轻移，
随风潜入春天的芳馨。

朝阳披着五彩斑斓的霓裳，
丝丝风儿轻抚着芳草的清宁。
晶莹剔透的露珠，
在勃发的绿叶上慢慢滑动聚凝。

诗情画意的晨曦中，
飘动着薄雾轻纱般的锦绫。
清澈的溪水缓缓流淌，
珠儿欢跳闪烁着晶莹。

风儿低声呼唤那沉睡的灌木丛，
含笑催促着大地苏醒。
拨动着春的琴弦，
让吐蕾的百花绽放绣屏。

春天已姗姗来临,
黄鹤扇动着双翅向人们传递激情。
龟蛇盘旋腾起,
中华抗疫战果千秋留名!

送　　别

龟山清零，
东风吹绿翠微巅。
黄鹤起舞，
人间光耀五色笺。
难分难舍别天使，
群众拜谢、感怀无限。

妙手回春，
来自八方拯救平安。
匡扶大厦，
浴血拼搏病魔歼。
离别家乡今回归，
武汉黎民、泪目涟涟。

杨柳依依，
江城美语闻耳端。
芳草萋萋，
莺啼鸣凯歌云间。
患难与共显本质，
欣观鹦鹉、美色重染。

慰藉寸丹,
摩托列队开路先。
荣归故田,
红旗招展、百花靓灿。
笑靥凝妆映荧屏,
党恩似海、情大于天!

武汉解封有感

春雨滋润花香,
黄鹤又披上绚丽的霓裳。
柔风吹醒龟蛇,
舒展筋骨重振气宇轩昂。

武汉解封,
战胜瘟疫凯歌嘹亮。
车水马龙的繁华,
恢复了九省通衢的流畅。

经历病毒的劫难,
英雄的楚汉人民更加坚强。
飞来横祸,
让大家懂得了邪恶歹毒的伪装。

继续抗疫,
决不能松懈迷茫。
控制疫情复燃,
是对每个人意志的考量。

七十多天居家隔离,
感悟透彻人生的沧桑。
白衣战士的功勋,
永远铭刻在十四亿中国人的心房!

后　　记

值此《旦园流韵》付梓之际,正遇武汉瘟疫爆发,幸亏党一声令下,封城救灾,动员全国民众抗击疫情,感慨万分,特呈此赋以代后记:

举国抗疫赋

己亥末,庚子春,万户迎新,千枝含芳。传统佳节,家家新桃换旧符;过年民俗,人人旧颜易新妆!熙熙哉购物,攘攘乎繁忙。车挤人拥踏归程,阖家欢聚待日长。

然武汉三镇兴妖孽,传声声哀号;楚地两江卷病毒,掀阵阵恶浪。幸党发号令,巨手擎天;凝聚众志,援兵越疆。耄耋院士钟南山奔赴武汉;女中豪杰李兰娟细查端详。万千天使别双亲、离独子,凭医术拯危难,不向鬼神惧死伤;无数白衣柔娇躯、投浴火,赤胆忠心化冰霜。赳赳雄鹰志,铮铮壮士情。旌旗霄汉红光闪,遏制病毒气轩昂。堵剿冠魔,封城闭墙。指令如雷贯耳,山川相缪,军民应响。守土、守城,千乡阻隔;尽忠、尽义,百业关坊。展高层之胆略,彰庶民之精神。一时赤帜千竿聚三镇,将士万众赴两江。援天地之苍生,灭病毒之祸殃。霹雳声威震四面,旌旗豪情慑八方!

情关乎社稷,心系夫众生。山川异域,风月同天。岂曰无衣,与子同裳。国人奋起,视分内之事,焉有局外人。但见妇孺俱上阵,老少争纷献爱心。捐款、捐物,融冰兮聚火,送炭兮添薪。挟关切以问寒,送温暖以追踪。积善何论厚薄,存爱不计寡盈。医无私,警无畏,人齐心,道直行,德厚重。武汉市内,抢建方舱,昼挖墙土,夜铺轨钢,战鼓紧擂,人声沸鼎。其声势如涛、如雷、如画,场面壮哉!舞幽海之潜蛟,展深山之虎威。火神、雷神,两院拔地而起,创奇迹于汉江。

国人自律隔离源,静守家门不添乱,一切行动听指挥,为国分忧慎预防。南望长城,北至山岭,势侵西域,力扫东瀛。励寒冰冻终化险,涅槃浴火必重生。嗟乎:前方不惜命,后卫稳守舱。

拒野味,护生灵,物种各有定数,切莫嘴馋命丧。非吾之所有,虽一毫而莫取。惟世间之清风,苍穹之日月,耳得之而为声,目遇之而成美,取之无禁,用之不竭,是造物者之无尽宝藏也!众心齐,泰山移。灭瘟疫,挺脊梁。佑中华百战百胜!屹苍穹民富国强!

有诗曰:

江汉魔瘟乱逞狂,
鱼浑楚水起苍凉。
同胞将士临三镇,
全国名师会武昌。

雷火神山承日月，
泰然医圣奏铿锵。
玉壶济世除螟蜮，
众志成城赋典章！

最后，非常感谢我的儿子江明辛苦帮助在电脑上整理编辑此书样稿！感谢校友刘润川和于乔铣无微不至的关心！感谢吴国联老师热情帮助打字和郑振国老师认真帮助检查！感谢企业家朱殿臣老师的赞助、励志之恩！

由于时间仓促，学识有限，错谬之处难免，敬请广大读者、专家不吝赐教！

蔡国芳谨记
庚子年二月初九于上海

图书在版编目(CIP)数据

旦园流韵 / 蔡国芳著 .— 上海：上海社会科学院出版社，2020
ISBN 978 - 7 - 5520 - 3039 - 6

Ⅰ.①旦… Ⅱ.①蔡… Ⅲ.①诗集—中国—当代 Ⅳ.①I227

中国版本图书馆 CIP 数据核字(2020)第 032943 号

旦园流韵

著　　者：蔡国芳
责任编辑：陈慧慧
封面设计：梁业礼
出版发行：上海社会科学院出版社
　　　　　上海顺昌路 622 号　邮编 200025
　　　　　电话总机 021 - 63315947　销售热线 021 - 53063735
　　　　　http://www.sassp.cn　E-mail:sassp@sassp.cn
排　　版：南京展望文化发展有限公司
印　　刷：镇江文苑制版印刷有限责任公司
开　　本：890 毫米×1240 毫米　1/32
印　　张：7.5
插　　页：9
字　　数：166 千字
版　　次：2020 年 9 月第 1 版　2020 年 9 月第 1 次印刷

ISBN 978 - 7 - 5520 - 3039 - 6/I·374　　　　定价：49.00 元

版权所有　翻印必究